滄海叢刊

泥土的香味

彭瑞金著

1980

東大圖書公司印行

行政院新聞局登記證局版臺業字第〇一九七號

中華民國六十九年四月初版

© 泥土的香味

基本定價貳元壹角叁分

著作者 彭瑞金
發行人 莊剛彰
出版者 東大圖書有限公司
總經銷 三民書局股份有限公司
印刷所 東大圖書有限公司
臺北市重慶南路一段六十一號二樓
郵政劃撥一〇七一七五號

泥土的香味
編號 E83132
東大圖書公司

序

想不到新春開筆，是為彭瑞金兄的這本處女集子寫序。此刻擱筆凝思，覺得這本集子的出版，此時此際似乎含有某幾種值得一記的意義。

首先是評論集在臺灣的出版界，一向來都是冷門；過去這一類文集出得少，堪稱內容宏富的，更難得一見。今年開春後不久，我們便可以看到這麼一本成於新進評論家手筆的集子，這是否預示着我們的文壇在這新的一年裏將有可觀的收獲呢？這說法雖然類乎幻想式的預測——甚至也可能祇是一種奢望，但私心裏確實有這麼一份渴盼。

其次是彭瑞金其人，在評論界裏將正式獲得肯定。瑞金是近年崛起文壇的年輕評論家，深受矚目。許多年來，自從我廁身文壇，稍懂我們文壇情況以後，我就一直對我們的評論界感到不滿——當然有這種不滿的人並不祇我一個人，好長的一段期間文壇上幾乎人人同聲慨嘆這個事實，評論界簡直就是「文化沙漠」裏的沙漠。這種情形，根據文壇某些觀察家的說法，近若干年來是有了些改變了，但距離令人滿意的地步，似乎仍然還有一段路程。故此，渴求建立嚴肅的批評制度，大概也不是少數人的意願而已。

也就因為如此，自從我負起了『臺灣文藝』的編務以後，我認定重視批評、培養批評家，與小說創作同樣重要。為了這個目標，我特意在『臺灣文藝』設了作家作品研究專輯，列為每期不可缺的專欄。在每一個專輯裏，都有五六篇從各種不同角度，針對一位作家的作品而提出的嚴肅的檢討，易言之，每期都有五或六個評論者亮相，提出他們的見解。革新三年來的『臺灣文藝』，以這種方式檢討了十三位作家，不但對提倡批評風氣聊盡了棉薄，同時也造就了幾位批評家，而這些批評文字內容的充實，資料的豐富，的確也受到了不少讀者的讚揚。

瑞金也就是這幾位批評家之一。有一段期間，他每期『臺灣文藝』都撰文發表，有時更參加對談——我肯定地以為這也是一種頗具威力與功效的批評方式。評一個作家，不是他的某篇作品或某部著作，談何容易，即令祇是個鳥瞰式的評論，也必需研讀該作家的所有主要作品或者大部份主要作品，始能下筆。再如我擔任民衆副刊編輯工作以後，我又以同樣的心意設了每月對談評論，即針對一個月份在衆副上所刊露的小說，以對談的方式予以評論。衆副上每月都有各種各樣的小說作品，達十篇左右以上，不用說每篇都要細讀、深讀，然後探索其成敗得失，做成筆記，始作對談。那種苦讀、苦思，然後苦寫，不管『臺灣文藝』也好，民衆副刊也好，瑞金所下的苦功是非常可觀的。他絕大多數的對談都是以葉石濤兄為搭檔，至今思之，我是那麼殘忍地把這種苦工派給他們兩位去做，而他們都從未發過怨言，幾乎抱着苦修的僧侶一般的心情來做，這種埋頭苦幹的精神，真令人肅然起敬！

關於文學批評，自古以來卽有種種說法，大別之大約可以分為客觀批評與主觀批評兩種，簡言之，視批評者的立論的精神基礎有異，而有不同的形態呈現。然而，不管精神基礎如何，歸向是一致的，那就是對作品或作家，提出一個分析、闡釋、評價等檢討意見，並將此意見運用有效的方法訴諸讀者。

根據個人粗淺的瞭解——或者也可以說是一種理想吧——文學批評，本質上應該是含有否定的因素在內的。當然，文學批評也可以有肯定的要素，卽對作品或作家，提出分析、闡釋、評價之際，給予理解及賞揚；然而，對作家或作品，提出其本質上的妥當性與正當性，似乎來得更其重要。有了這種否定的精神，批評的效能才更能發揚出來。當然，這麼說的時候，我們馬上便會聯想到這兩種因素被發揮到極致的情況，就是為肯定而肯定，以及為否定而否定。歷來，我們的文學批評之受到詬病，我想不外就是這種各走極端的現象，尤其這種態度受了「人情味」的左右的時候。故此，我以為建立嚴肅的批評，端在能否在公正客觀的態度下，肯定其所當肯定，否定其所當否定。易言之，批評非為作家，亦非為讀者，乃為了文學的自我確立。

在我的感覺裏，大體而言，我相信瑞金的批評態度應該是朝這個方向而努力的。如果說，我們現今的文學批評還在開發中的路途上，那麼瑞金確乎也是個拓荒者，他的批評文字，原則上以讀者為目標，他是為讀者而批評，下筆之際，心存一種啓蒙的心理基礎，闡釋與賞鑑重於分析與評價。

個人肯定地認為，以目前我們的文學狀況而言，這種態度應是正確的。尤其從瑞金的評論文字當中，我們經常地可以從字裏行間看到他在努力着，朝貫徹其做為一名批評家的義務邁進。這種努力，由於評述的受到相當嚴厲的限制，因而行文及下評斷的技術也變得複雜艱難。前面說他以苦行僧的態度為之，其意卽在此。

彭君原籍新竹北埔，從學校畢業出來以後卽在高雄市任教，也有幾個年頭了。由於和葉石濤兄住得近，經常有親炙於這位前輩的機會。瑞金這兩年來進境令人刮目，除了他本身謙抑好學之外，葉兄從旁指引之功，應該也是不可沒的吧。

在結束這篇小文之前，我想不妨附筆談談最近在我們文壇發生的幾件小事：其一是筆者好友某君，應邀將其所著短篇小說結集，交給某出版社出版。這家出版社壓了一段時間之後，表示不出這本書了，理由是小說集沒有銷路。另一件是印行彭君這本評論集的三民書局，與本書同一批的新書十册，卽以創作為主，而且還表明不怕虧損。另有一家志文出版社也已決定要出一批創作集（當然亦以小說集佔大多數），册數當在十到十數册之譜，亦表示不在乎盈虧——恐怕也是虧的成份大了些。

還有一事：『臺灣文藝』由遠景出版社支持了兩年多之後，因虧累不堪而由我收回自營，消息傳出後，臺北有一批工商界的年輕朋友給予她異乎尋常的關切，表示要想辦法支持，設法使她能自立，且說做就做，已展開了熱烈的推廣運動。

這幾件小事說明了什麼呢？如果說，像上述的三民、志文等規模較大的出版機構也可以歸於廣義的「工商界」的話（這是僅指其商業行為而言，出版之屬於文化事業，是不必有所懷疑的），那麼現今我們的工商界在一片繁榮之後，把他們的關切漸漸地投注到文化層面上，尤其文學發展上來了。

這麼說，也許有些人要一笑置之，斥為天真。但我個人寧願相信上述的現象正在逐漸形成。說起來這現象應是極為自然的趨勢，沒有一個先進國家不如此，但在我們的社會來說，卻是非常令人激奮的事。雖然這現象還不算明顯，而且支持『臺灣文藝』的一小撮工商界人士的推廣工作成敗未卜，願意出創作集的出版機構能否長期堅持也頗令人關切，但誰能說在未來的日子當中，其影響不會是深遠的！

以上雖是閒話，把它提出來，無非是希望藉此與許許多多的年輕朋友共勉。為了那幅遠景，我們的確還要更加努力，以便在未來的日子當中，讓我們能有真正傑出的作品拿出來給全世界的讀者看看。

民國六十九年春節

鍾肇政 識於九龍書室

泥土的香味　目次

吳濁流的殖民地文學

1

個別立論，單一作家的內心都是一圓融自適的小世界，但若就整個時代而言，則不妨用比較朗廓的胸襟去認定；作家個人環擁抱持的小世界只是奠立文學大殿堂的一塊礎石，作家一生就在辛勤地滾動這塊巨石。且不管是大是小，也不管是用來砌牆，或用來立柱，所謂每個時代有每個時代的文學都應做如是觀。這之中固然是由於作家肉身的生命有限，觸鬚不同，需要多重的複式組合才能成立峥嶸的局面。但最重要的恐怕還在生命現象潛隱中的多樣面貌，諸多相差異、甚或相左的心態寫下的作品，會讓人錯覺文學家是在努力修建一幢幢椽宇相峙的小廟，各傳香火，然而事實上整個景觀却又爲歷史命運的鎖鍊緊緊地串在一起，這種畢同畢異的辯證，最是常引出許多無謂的爭執。尤其是注目社會變遷的寫實文學血系，一是作家觀測的距離不同，一是作家的心態不一，結果冒然冠予一種課目的評價，必然把作品的感染能力逼侷在陰暗的角落窒息了。譬如我們在討論日據時代的或以日據為背景的作品時，抗爭意識就被過份的強調，這可能使我們把文學的意界逼向狹窄的一隅，也可能因之排拒了別個角度產生的作品。像吳濁流筆下的殖民地世界，就是抗爭意識極為薄弱的例子，如果我們不換個角度觀察，我們就無法懂得吳濁流勾勒殖民地社會的苦心。

吳濁流作品中所凸示的殖民地意識，主要的意義還在展示殖民地大衆一種眞實的心態。他在「回顧日據時代的臺灣文學」一文中曾提醒我們研究日據時代的文學不要忘了包括御用文學。我們不必問御用文人的阿諛文字對文學殿堂是否有片瓦之功，但我們相信文學大殿也難免有垃圾，只是我們可相信垃圾的性格也是一種心態的反映而已。我們從吳濁流這種求眞實的心理，就不難明白他的作品緊按歷史脈搏反射的自然天眞心理了。

大時代的整個生活事件導引着文學的大方向，我們不能因為需要抗日愛國文學而拉攏所有的「抗意」。同樣的道理，我們也不能因為知識份子「潛思多於行動」而指稱知識份子已經脆弱墮落。歷史脈搏的跳動弱了，文學也無能拍動血流。由於過去有關臺灣文學的論評往往過份遷向醫癒臺灣同胞性格的傷痕，所以特別看重文學尖銳鋒利的一面。我不否認寫實文學有帶引社會遷移的潛在意識，例如利用抗意掃除卑懦的陰暗面，但以之為臺灣文學的唯一旰衡指向則有待商榷。我們同意賴和、楊逵、呂赫若系列的鋒銳，但我們也可以同意鍾肇政、李喬等淡視仇恨的悲憫心態，畢竟不同的歷史脈流跳出不同節奏的心弦。其實指向文學的背面—社會環境的變遷，我們也可以看到：手持鐮刀、鋤頭武裝抵抗來犯日軍的悲壯史實不是日據社會的全部，太平洋戰爭發生後，臺灣同胞在精神物質上所遭遇的惶惑、困乏，也只是一個斷面；中隔的一段歲月在表面上看起來也許是不見刀槍相架、不聞腥風血雨的「平和」日子，但實際上這是日本人在「共學」的美名下，從事陰毒而長遠迫害吾民心態的可怕手段，這種傷痕是永恒的，至今怯懦卑弱的陰影並未因殖民地政權的覆亡而消失。因此與其還盲目地用情緒主義塗飾傷痕、欺騙自己的良心，何若把包膿的傷口拉開從根救起，吳濁流的孤兒意識就是撕破情緒外衣後一聲扣人心弦的吶喊。當然吳濁流的歷史觀太狹、意識層面太窄是其缺點，但他提供我們一種沒有彩飾的眞迹文學確是一枝獨秀的創見。

日據五十年，對臺灣同胞是恒長慘痛而陰暗的記憶。戰前戰後，已有許多文學作品在爲這段悲壯的史實做見證。但面對一個個從異族鐵蹄下跋涉過泥濘；佈滿灰土、瘡疤；勉强擠着幾分神秘又驕傲地微笑臉孔，即使爲之別上「抗日」、「愛國」的示別牌，又豈能詮釋那「微笑」？就是「艱苦」、「强韌」的牌示，又豈能說明那「神秘」？至少，島民與這塊土地糾糾葛葛的情感和連橫所謂「渡大海、入荒陬」的先民血脈引發的悸動不是從外表所能看出來的。吳濁流的歷史文學觀提供文學活動的辨識眼光，不再以定點看人生看社會，可以避免理想主義蒙蔽事件眞相的弊端。我們用史實爲例來說明作家預存一種定點來看社會是多麼危險的事：民前五年的北埔事件

（蔡清琳）和民國三年的苗栗事件（羅福星），雖同爲抗日，先後也只隔八年，但動機不同、意義全殊。再把苗栗事件和晚十六年（民國十九年）發生的霧社事件比較，在意識上都接近大無畏的抗日行動，但動機却不在同一層次上，也不可同日而語；若說再晚近的農民運動，那更是不同意識下的產物了。若是不明歷史的流變，我們當然無法看出五十年間抵抗意識形態的轉變，吳濁流文學雖然不及發展至抵抗意識這個層面，但透過吳濁流觀測殖民地意識的手法將有助推展臺灣文學的立體層面。正像我們前面提及的「抵抗意識」，實在不容只做斷面的推定，抵抗意識的背面有日本人的奴化政策，當日本人的奴化政策收到效果時，抵抗意識只好變形了。因此我們要想了解抵抗意識的消長則又非從殖民地意識着手不可，吳濁流文學可說做了這種奠基工作。

2

在『亞細亞的孤兒』一書中，吳濁流以胡太明祖孫三代爲本，縱的是敍述了孤兒的身世，橫的交待了殖民地意識的成長。從歷史印證，胡太明祖父胡老人的晚年應該是漢民族的抵抗行動受到挫折之後，而日本的殖民地政策雷厲推展的時刻。胡老人、彭秀才代表的是在動亂中被擠掉母體（祖國）臍帶徬徨的一代，由於空間的斷離，潛在裏，雖有母親血液的脈流，但母親的形像却極爲模糊，與其說還能一知半解地把「春秋大義、孔孟遺敎、漢唐文章、宋明理學」等掛在口中，不如說他們對「母親」的繫念只是感傷，「你們已經不能再考秀才和擧人了」，在他們心中也許眞心念念不忘「漢學便要淪亡了」、「斯文掃地」、「吾道衰微」，但在「時勢」的强大沖擊下，他們又不得不在意識上向「日人統治的天下」、「日人統治的社會」投降，「强盜、土匪少了，道路也拓寬了」，而他們呢？守着頭上的辮子、守着煙舖（吸鴉片），無奈又無畏地感傷，雖然狂傲的自謂「大樹不沾新雨露，雲梯仍守舊家風」（雲梯書院的門聯）。但只能在口頭上守「伯夷叔齊的氣派」、守陶淵明的「歸去來辭」，所以當胡老人帶着太明逛元宵，日警一棍亂棒就把胡老人打倒在地，「這是從那裏說起！這是從那裏說起！」末代王孫的氣候已成，從那裏說起，從此胡老人就躲了起來，彭秀才也到蕃界去了。

胡老人代表的是舊傳統衰微、意識頹廢、行動腐敗的一代，以這氣若游絲的血脈，當然繫不住她的子民。遑說胡太明，就是太明的父親胡少卿亦已沾染得極少了。吳濁流對胡少卿的描述不多，蓄妾、見利忘義，只是比上一代更腐化罷了！所以即使做爲一個醫生的職責，面對公立醫院的醫師們敏捷地處理礦場災變的傷患情形，也只有束手旁觀的份兒。不過在另外一篇「先生媽」中我們看到和胡少卿時代相仿的人物錢新發，就可以曉得了。當他們努力擠上「士紳」的階層以後，他們當然沒有老一代的牽腸掛肚了，他們只一意追求「日本化」：改姓名；穿木屐、和服；改建純日本式的房子；喝「味噌汁」……，雖是橫披上去的狗皮，但走狗意識已極明確。自然他們的下一代更無記掛了。

太明上了「國民學校」以後，剪了髮，可說澈底擺脫了舊時代的痕跡了。他與上一代遮遮掩掩猶帶三分羞怯的半殖民地意識不同，因爲距離「臍帶」已遠，血流已近斷絕。換句話說，太明從師範部畢業後穿戴金邊帽文官服時，已代表殖民地統治下造成的純粹新文化人了。至此舊瓜葛斷絕，日本殖民地接枝的一代已經發芽，殖民地意識由是養成。

這是暗合日本人的奴化政策的成就。臺灣同胞在「利誘」、「勢導」的情況下走入殖民地牢籠的理則化過程。但像胡大明代表的知識階層也要在不被認同的挫折之後，才能逐步了解自己的生命是接枝的，才有尋根覓源的覺醒，等而下之更不用說了。太明當上教員之後，許多同事的旁敲側擊並不能敲醒太明的意識，即使李訓導揶揄他「眞不愧爲大國民」也只落得他「胸襟過於狹隘」的不屑。另一篇短篇小說「功狗」很可以照應胡太明當時的心態，他們安份、賣命，倒不見得完全是感恩圖報的走狗成性，實在是他們有貢獻的熱忱，以爲這是唯一上升上進的方式。大原則的盲目，又豈全是他們的錯？傳統的臍帶早已不輸送任何血流給他了。太明傾慕內籐久子，排拒瑞娥正是力圖上升的一種意圖。

「日本人」自以爲；和統治勢力有意造成日本人高高在上的幻象，無辜被接枝的孽子，除非自甘墮落，當然追求「日本圖式」是太明輩力求上進的青年人必然的途徑。他們的可憐完全是「無知」。基於這種心態，太明當然不懂把全副精神灌注在爲學生補習功課，並無法改變整個局面，只是蝸牛角上的爭執。因爲他心中只以爲祖父、父親那種敗落的形象是自己的根，才會自慚自己的血液是汚濁的。自然也不會看出久子批評「清燉鷄」野蠻，却大啖「生魚片」；批評本省人吃大蒜，自己猛嚼芥茉的矛盾是無知的優越感，只因爲他力求「上進」。太明這一段埋頭急趕，一直到曾訓導平地一聲雷，一改過去臺灣人內心不平、外貌柔順的「常態」，才把太明一棒打昏，接着校長硬行拆開太明對久子的「戀情」，太明才又被久子「那是不可能的，因爲，我跟你……不同的……」一棒打醒。太明這一段心路歷程說明日本人的奴化政策，已經把臺灣知識份子的心態完全改造過來了，太明的覺醒說來還是「偶然」而非「必然」。但醒後的太明只是感到往日歲月的幻滅死亡，感到自己的孽子命運，至於新生，在何方呢？只好再尋尋覓覓了。

思緒茫然的太明，以爲科學的國界可以避開政治的騷擾和苦惱，因此，他懷着熱望到了日本，他拒絕了「藍」加入組織的邀請，但是他沒有想到仍然必須馱負血脈根源的罪孽。首先是「藍」要他不要承認自己是「臺灣人」，接着是在演講會上不經意地說出自己是臺灣人卽遭到了「什麼？臺灣人？哼！」、「恐怕是間諜吧？」的羞辱。這種羞辱使太明又受了一層傷害，但馱負的越多越感茫然，過去的太明一頭墜入殖民政權的牢籠時，他以爲只要奮進卽有出人頭地的一天。但接二連三的挫敗，再回過頭來看自己生長的人群，充滿頑固無知、自私怯懦、受盡屈辱而無奈，是無可救藥的人群，是一群醉心可望不可卽的權勢而盲目地崇拜權勢的大衆，但却過着困苦而沒有希望的日子。但醒了的太明又能做什麼呢？還不是眼睜睜地看着難產的阿新嫂在「給男人看還不如死了好得多！」的愚頑中死去，當然不要談日本人在財物上的剝削了。這種情況，促使太明想到退避並不一定是辦法，既然無力去建立一塊安居樂業的土地，他便夢想讓自己從痛苦中解脫出來，到「一個可以自由呼吸的新天地」，這是埋葬了許久的古老記憶—祖國。

但太明甫自上海登岸，「曾」就叮嚀他：「我們無論到什麼地方，別人都不會信任我們。」、「命中註定我們是畸形兒，我們自身並沒有什麼罪惡，卻要遭受這種待遇是很不公平的。可是還有什麼辦法？」、「我們必須用實際行動來證明自己不是天生的『庶子』，我們爲建設中國而犧牲的熱情，並不落人後啊！」太明是帶着療傷的心情；是帶着「尋母」的心情來的，然而除了更肯定自己「庶子」、「孤兒」的命運外，這裏不但有一股排拒「蕃薯仔」（臺灣人的別名）的暗流，就是生活的步調也完全不同，他內心的焦急總是比這裏的生活快了一拍。大傳統薰陶下的優容：打牌、看戲、跳舞、澡堂、候差主義、讓乞丐哀聲哭求尾隨好幾條街……，都是太明想不到的一面，但本着孤兒尋求庇護的心理，他也勉力與之認同了。和淑春結婚，放棄現實，追求「人生的幸福就是健康，以及和志趣相投的可愛女性過着和平的生活。」但事實上，孤兒永遠是孤兒，「歷史的動力會把所有的一切捲入它的漩渦中去的」，不容你袖手旁觀，也不容你盡力，只因爲你是孤兒，祖國政府「相信你不會是間諜。」、「但是卻無權釋放你……不得不扣留你。」日本憲兵則公開逮捕臺灣人。太明的「尋母」意識也受了更嚴重的挫敗，毫無疑問的太明向大陸說再會時，他已完全了解自己是沒有人要的「孤兒」了。

但是回到臺灣的太明仍是無所作爲的，一下船就有特務釘梢。由於戰爭爆發，日本人利用走狗大力搜刮，家鄉變得窮困貧乏、瘡痍滿目了。太明除了冷漠地看着這一切，又能怎麼辦呢？自己的哥哥就是皇民化最澈底六親不認的走狗，自己就是被征去參加屠殺自己同胞的劊子手，母親、弟弟都是活生生的受害人，他的身邊已被痛苦醜陋澈底包圍了，但除了相對感嘆「眞是沒有辦法，這樣下去怎麼得了啊？」之外，還是沒有辦法。太明一生拚過、躲過、認過都不能擺脫孤兒永遠被凌虐的命運，懷着滿心憤怒，熬不過黎明前最黑暗的一刻，「胡太明終於發瘋了」。胡太明的一生代表的是由日本政權按照計畫塑造成功具有殖民地性格的一代，無能逃出殖民地政權的魔掌，這證明已經浸入骨髓的殖民地意識已註定是臺灣同胞不能翻身的刼難，但孤立無援又從那裏尋找依託呢？

3

嚴格說來，胡太明的一生並不是太明自己能負責的一生，歷史的悲劇加予他太重的負荷，勉强在歷史夾縫中誕生的一代，卽使向歷史交了白卷並不可恥，何況用生命做了歷史的見證？但躲在孤兒的背面，應該爲歷史負責的人不但不伸一根指頭的援手，眼看孤兒在逆流中掙扎哀泣，却反過來用另一指頭指着孤兒罵奴性卑弱。吳濁流未把胡太明寫成可以謳揚的英雄，也未把太明寫成要人垂憫的可憐角色；而只是寫實寫眞要人拿出公正的立場、沒有色彩的眼光來看胡太明，來看孤兒的世界；庶幾不要再把殖民地世界看成只是只供幾個英雄踐踏的舞台，殖民地大衆也不是一羣只等待佈施憐憫的無助怯懦角色，存的就是這番苦心。

不過，吳濁流的殖民地文學觀始終未脫離小知識階層的範圍。胡太明的祖父是「視山歌如蛇蝎的老人」，對時局的感傷也僅止於封建社會中士大夫生活的不習慣，在日本政權的統治下，所有的不愉快、不習慣也可說都是站在利己觀點自尋煩惱的閒愁，實在不能引人同情。生民如何？社會如何？則不是他所關心的。知識份子這種爲己過甚的觀念也影響到辨事的眞確，胡太明性格中的優柔寡斷、困窘無助無疑就是這種性格的遺傳。這也導至胡太明在向日本認同、向祖國認同的連續挫敗，强求其同只在顯示知識份子的驕傲實際是一種閉塞。其實圍繞在太明身邊有許多力量可以引發太明走出自守的小天地，但太明性格中留存的小知識份子的偏執，寧願固步自封，這是吳濁流在他的殖民地文學中表現出來的第一重觀點。

胡太明如果不造成這種自我封閉的知識階層的孤傲，不但陳首席訓導、李訓導或曾導師都可能爲他引出適切的出口，就是藍、詹他們的當頭棒喝也一定能打開竅來，但因爲他固守這種「知識階層」（自封的）的孤傲，只好在封閉的煉爐中自熬一輩子。我們從曾、藍等人所言所行證實，向日本統治者跪服並不是唯一可行的路徑。不幸胡太明只是知識份子中「潛思多於行動」的一撮，他不但沒有知識份子的擔當，又遠遠地脫離苦難大衆，所以他寂寞、空虛得要命，他永遠只懸在半空中。吳濁流自謂這「不異是一篇日本殖民地統治社會的反面史話」（亞細亞的孤兒概略）。在胡太明的身上，我們看到的是封閉的小知識份子心態，但圍繞在太明的身邊的則是網羅了各階層人物的殖民地世界。

胡太明本身雖然是宅地忠厚、於人無害的性情中人，然而同時也是能知不能行的行動侏儒。所以不管他走到任何地方都像一盞明燈一樣照出一地方的汚穢來，但也止於一盞明燈的作用。殖民地性格的延伸就是社會病理學家的自負，但却不是醫生。所以到了大陸，他能看透大陸生活節拍的遲緩優容，回到台灣則一眼看穿統治者串通走狗們演出的欺騙把戲……。但和他知道自己的孤兒命運一樣，一切都是無能爲力，所以他眼睜睜地看着難產的婦人在愚昧中死去，看着自己的弟弟當了犧牲品，看着自己的靈明在饑渴中死去，因爲他實在是什麼辦法也拿不出來。問題來了，他只好逃到古人的天地中去，但連「老子玄奧的哲學和孔子遺教，都不曾給他一點啓示，他只有獨自岑寂地徘徊在荊棘滿道的岐路上摸索。」他甚至想到「如果結婚，就會生出小孩子來，就是增加和自己同樣的人，會被人叫『狸呀！』，這『狸呀！』一代就够了，何必再來呢？」如果我們懂得這種病理學家的絕望，就不難知道爲什麼這麼多重重的撞擊，雖然引得他心裏「非常難過」，但除了逃開，他還是拿不出第二種辦法來。

除此之外，社會病理學家常懷千歲憂，凡事都顯得憂心忡忡，但就是欠缺「舍我其誰」的氣魄，照說太明從日本學成回來之後，在黃的農場任職的期間，「深深感到不僅兒童需要教育，就連這些無知的成人，也同樣地需要教育。他決心用自己的知識，把這些無知的人們，從悲慘的命運拯救出來。」於是便「利用午睡的時間，每天對女工們施以速成的教育。」那些獲得知識的女工們，「宛如旱魃的沙漠被灌溉了清泉一般」，太明也得意自己的成就，但他不知道這一切所仰仗的農場是一個空殼子，他沒有黃吃定製糖公司的魄力、辦法，所謂「決心用自己的知識，把這些無知的人們，從悲慘的命運拯救出來。」就成了只知其一不知其二的「絕望」了。太明一生的性格都在重覆這種基調，無疑，覺醒之後的太明雖然極力想掙脫殖民地統治的牢籠，但事實證明已經深入其髓的殖民地性格壞了大事，吳濁流始終只能把胡太明這個要角寫在苦悶中游離，無異也是這種性格的延伸。

吳濁流的殖民地文學第三種成因則是追慕古書生風骨在殖民地世界造成的反響；反阿諛、反愚昧、反名利。殖民地社會帶給讀書人最大的衝擊就是經濟結構的改變，統治者與新起的權貴，像志達，像「先生媽」的兒子錢新發，「糖扦仔」官紳勾結成爲新的社會階層，而且一下子躍居封閉自守的「古書生」之上，其內心之震盪自不在話下。但他們以風骨爲名，一方面極力固守卽將失去的一切，這一點在第一種成因已經述過，一方面揮舞着蒼白的小拳頭盲目捶打。他們不恥新權貴的阿諛嘴臉，但也許是覺得自己這種心地不够堂正，自己只是「不爲」而已，並不是眞正的「有所不爲」。因此，志達被停職回鄉之後，「有一天，太明在村子裏經過，突然聽見在埤圳樹蔭下洗衣服的婦女這樣的一段談話，一個說：『現在他免了職就不怕他了，以後別說是酒，就連水也不給他喝了。』，『志達應該管我媽叫嬸嬸。』，另一個說：『有一次我媽見他來了，腰裏掛着一把劍，她高高興興地跟他打招呼，誰知他連理都不理。』太明聽了這番話，宛如看見人們對權勢的反抗，以及官吏一旦失勢後的郡副可憐相，他頓時像遁逃似地離開那地方。」看見人們懂得反擊權勢，雖然私心竊喜，但猛然一想何嘗不是指在自己心上？

當太明守着他的書房、守着他的中庸之道之際，社會的金錢觀、名利觀完全大變了，固然他有淡薄名利的古書生風範，但以不變應萬變實在擋不住新的經濟風潮，他無力阻止志達這種不再「憑雙手掙飯」、「把祖宗打倒了」的人，也不了解「工於心計、自私自利的哥哥」何以變成這種樣子？雖然他能以「覺得自己依賴財產生活，倒顯得自己無能。」自我安慰，但他不能容忍自己生活在這種被銅臭薰染的空氣中，「憎惡與憤慨頓時像潮濤般地侵擊着他，使他感到頭暈目眩。」把這一切歸諸殖民地政權的罪行自然有失公允，但因殖民地政權解體的人心，無異負着推波助瀾的責任。由於讀書人固守舊倫理的防線和舊經濟體制連在一起，他只能為嗇吝於幾個零錢打發追趕好幾條街的乞丐而不滿，只能為女工們工資過低、午餐只吃蕃薯籤，只有自己吃白米飯而不安，實質上他仍無異是不事生產的高等游民。尤其是嘲弄醫生是賣燕餾水賺錢一節更可見書生風骨之一般。

太明的妹妹秋雲的結婚宴席上，保正徐新伯的高論更為露骨：「不識時務受人利用的傢伙眞他媽的混蛋！那些搞什麼『社交』和『運動』的，其實都是些同路的貨色。從前何嘗不是一樣？不過嘴裏說得不相同就是了。總而言之，無非把搞錢的事兒說得漂亮一點而已。從前人說話乾脆，所謂『有錢有理』，有了錢就可以左右公理；現在那些什麼律師啊！還有搞什麼『運動』的啊！說來說去，還不是錢在替人說話？我在十年以前就說過這樣的話，當時我說老師的價值二千元。」、「留學生連個屁都不值。人家不懂我這種前進的思想，反而說我頑固。你們說怎樣，現在那些不懂的傢伙還是不懂。前次胡先生的太太給人家打了，你倒拿出兩千塊來試試看，那效果包你比十個留學生的頭腦（智慧）大得多。殺個把工人要兩千塊錢運動費，那才是天字第一號的大傻瓜吶！五百塊就够了。要是我啊！三百塊錢就可以換一個頭！」傖夫俗子是傖夫俗子，走狗新貴歸走狗新貴，徐新伯這一番話却不得不讓太明自慚形穢，自然書生本位的風言風語就更顯得聲聲無奈了。而從祖父身上傳來的吟哦風雅這時候也成了可憐的殘喘微息了。

吳濁流從這種慘敗的知識份子形像中去榨取最後一絲生息，去描畫殖民地意識，是有其特殊的用意的。顯然吳濁流特別看重知識階層在歷史洪流中所扮演的重要角色，但在歷來的歷史拟難中，知識份子又往往是最容易受傷和受到最慘烈迫害的。而且之中，抛頭顱、洒熱血、意氣風發的一面有人看得見、有人誦揚，忍辱負重——却不見得有人正視一眼，吳濁流寫殖民地的低調筆法無疑是一記悠悠晨鐘。

4

吳濁流的殖民地文學具有強烈攻擊性的社會意識，和賴和、楊逵系的尖銳深刻不同，楊逵系的尖銳像一面鋒利的匕首、一根纖細的針一樣，直攻要穴，既冷且準。吳濁流則像舞着青龍偃月刀的大漢，其狀勇矣！其勢猛矣！一場揮舞常把對手斬得血肉橫飛，但大漢本身也不免頹然餒矣！在『亞細亞的孤兒』中撻伐「殖民地意識」如是，在「功狗」中撻伐走狗、御紳、官吏、保正、模範青年亦如是。舉凡殖民地社會中所有的渣滓都在掃除之列，所有瘡疤都在揭露之列。這可分兩方面來解釋：其一是吳濁流是熱血盈懷的知識份子，他關心的社會面極廣，他有滿腔的熱力要發洩出來；其二是領導吳濁流的是卽知卽行沒有任何禁忌的現世生活主義。因此，吳濁流文學的社會面儼然是土地公的世界，上至保合境平安下至六畜興旺都管到了，所謂社會性的强烈變成多觸脚的鱆魚，從殖民地政權到大衆的意識心態；從金錢世界的罪惡到御用紳士的嘴臉；從「孤兒」戀慕「母親」（祖國）到用手擤鼻涕的「波茨坦科長」；憑着對現實生活天眞直接的感觸，吳濁流的每一篇作品都是一個斷面的社會生活再現。

在「吳濁流選集自序」中，他自己也說：「我寫的小說帶有歷史性的性格，所寫的各篇都是社會眞相的一斷面。」歷史性格的小說好處在保存原狀的社會生活面，但事件的眞相則不一定全在事件的面上，文學具備歷史的眞實，也不能少於哲理的批判。吳濁流的世界中豐盈而不完整、廣袤而不見阡陌，證明吳濁流太過遷就小說的歷史性格，只有社會性而無法把個性凸示出來。因此工藤好美便曾語重心長的對吳濁流說過「你向個人努力」（見覆鍾肇政君一封信）的禪語，吳濁流自己也承認「我寫小說因爲重視社會性，自然而然稍於忘却小說中的人物的內面生活。」（同上文）。從這裏再往前面的胡太明性格中去找答案，我們將發現吳濁流的性格和胡太明有許多相近之處，太明一生蒙頭急趕急追，也只是附驥時代的末端，放不下拿不起，古人詩中所謂

「生年不滿百，常懷千歲憂」庶幾近之，遑說我們不懂太明一生要做什麼？恐怕太明自己也不了解要做什麼？憂心忡忡的一生終於葬在苦悶的墓中，也只是一種沒有結果的結果。握在吳濁流手中的刀就是如此，砍得血肉淋漓，却不見致命傷。

追究起來，吳濁流始終未超離做爲新聞記者的眼光和被壓迫民族的器識來看社會面。新聞記者慣於報導社會中驚心動魄的面，他自己相信，也要想辦法使人相信他親眼看到的現象，他無暇以更大更高的姿態了解社會面的各個層次，更不要說同情和觀照了。所以他的作品雖爲歷史的一斷面，但却無法達到與歷史脈搏同跳動的自我期許。在長時間的壓迫下過日子的民族，早已養成不平則鳴的習慣。所謂「膚受之愬」對受迫害的知識份子來說，寫作是「藉此逃避現實，忘却憂慮，忘却不平不滿，有時還可以忘我」。在那種社會中，文學並不能眞的成爲改革社會的工具，充其量只是心嚮往之的止飢畫餅罷了。

既然吳濁流以歷史性格自許，我們不妨也拿考究歷史的尺度來看他。偉大的史家，應該「德」、「才」、「識」俱備，於吳濁流而言，才、德已具，所缺者唯「識」耳。時代的波濤滾滾而來，捨命追逐，必然落得氣急敗壞，於歷史已是不該，於文學自不待言。藝術的雋永全在於高瞻遠矚，吳濁流是嫉惡如仇的勇者，這份小心是沒有，但「唯仁者，能好人、能惡人」，如此分明的善惡的確不易，寬容地說這何嘗不也是一種性格呢？

盡一份言責，本來是我們中國讀書人的優良傳統，不過在長期的科舉相襲和封建相沿下，利祿和勳爵閹割了讀書人的良知和勇氣。在舊一代的文學中，作家關閉自己的良心寫作已是常態。但在臺灣的一支中國人，也許是命運特別坎坷，不容知識份子投閒置散，凡是在意識上被徵召的知識份子都拿的是刀筆言劍，形成臺灣新文學運動中一極爲獨特的氣象。知識份子所以會冒險用生命、用自由換取寫作的權利，證明他們有不得不言的必要，事實會證明他們和傳統知識份子的血流相通，僅只這一點他們也可以不朽。吳濁流尤是劍及履及，他把這一股脈流現身說法帶入新一代的血液中，戰後少數未收刀的老作家之中，吳濁流以古稀之年仍然衝鋒陷陣，雄風不減當年，的確令人心折。今天他走了，他的文學我們可以批評；他的文格我們只有景仰。

試論鍾理和的社會參與

1

杜甫詩云：「千秋萬歲名，寂寞身後事。」不管是有意的自嘲抑或堅實的認定，對於耕耘心田的藝術工作者仍是極爲悲壯的心聲。當我們讀到鍾理和臨終幾近絕望的憤怒：「吾死之後，務將所存遺稿付之一炬，吾家後人不得再有從事文學者」，已不是純粹的傷感了。我們幾乎可以不必再懷疑老杜以坎坷的一生早已參透了的玄機，雖無孟子「天將降大任於斯人」的大氣，却有「風瀟瀟兮易水寒」的冷冽，是幸歟？是不幸！鍾理和的一生適巧成了這句詩的注脚。不過我們寧願他的遺言只是賭氣而非眞心話，我們也寧願樂觀地相信這一切只是巧合，事實上鍾理和展現在人前的成果就是最有力的辯護。他被稱做「倒在血泊裏的筆耕者」，不過他並無意以血漬斑斑的悲苦與人見面，更不是含淚的微笑，而是一種昇華，一種超越。

從佛洛伊德的精神分析發展到廚川白村「苦悶的象徵」，在學理上雖然未必有任何因果的蛛絲馬迹可循，但是兩者恰好連袂爲司馬遷的悲苦文學主義作了最有力的見證則是不謀而合。然而如果以「聖人鬱積不得通道而發憤作詩，屈平憂愁憂思而作離騷」這樣的公式來範疇鍾理和，的確將全盤抹殺了他在文學上的苦心孤詣。

誠然，觀察作家寫作的環境是我們了解作品背景極爲必須的謹慎，不過文學不但應該有它純粹的文學生命足以擺脫外來世界的强制壓力，更重要的是作家創作的動機應該出諸主動的擔當而不是被壓抑的發洩，所以率爾以爲文學作品卽是作家對環境直接的反射，實是頗爲不敬的輕蟣。對於鍾理和我們尤其有這樣的感慨。「文窮而後工」的說法或許有其可信的一面，但是窮並不是文工的必要條件，兩者之間不互爲因果也是不爭的事實。不過，我們對於鍾理和却很難有這樣從容的認識，主要的原因當然是他短短的一生太富於傳奇性了，發生在他身上的故事强烈地逼使我們不得不和作品中的人物串接起來。他病、他窮、他婚姻受阻、生活受困，他生長在屈辱而多苦難的時代；作爲文窮而後工的理論根據，這的確是够充分了，但是我們以爲理和先生的成就正是他能超越了現實生活的怨艾，這不只是單純地不怨天尤人的磊落修爲，更是他能窮本溯源找到了這塊大地上生機不滅的根源；我們所以說這是一種修爲，主要是他的作品中我們不但看不到韋莊「天街踏盡公卿骨」的怨懟，甚至連杜甫「朱門酒肉臭，路有凍死骨」的感傷都算不上，不過追根究底鍾理和的思想是源自土地的，這是一種農民性格的延伸。

雖然有人指出鍾理和擅長描寫農民生活，不過由於婚姻、疾病前後的陰差陽錯，使鍾理和只能說是生長在農村，却沒有機會成爲一個眞正的老農，我們只能說鍾理和極爲恰當地選擇了受害最深、苦難不絕的農民作爲作品的背景；不過因之卽汎指其爲中國農民的性格却未免大而無當。不管如何，他作品的根源仍是他生長的鄉土，他雖有意把自己歸入極爲純粹的文學工作者，但是他却絕對規避不了他的根——破落多難的臺灣農村景象，因爲這是作爲一個作家不能遁閃的天職。

2

儘管鍾理和並未親炙日據臨崩潰的狂飈，但是他並不是存心規避，他爲了向不自由的婚姻奮鬪，不得已而離開臺灣，但在心靈上他並未與這塊土地上的苦難割緣。身在江湖，心存魏闕，我們可以看出他的心仍是與他出生的土地緊緊相連的，儘管這裏還有排拒他的力量在，但禁不住思鄉情切，民國三十五年他就回來了。對着遍野哀鴻飽受蹂躪後的故鄉，已不見蹄踪，失去了怨怒的對象；沒有叫囂、沒有怒吼，他表現得出奇地冷，從他四篇取名「故鄉」的作品中，我們發現他是多麼冷靜地小心地，像要保存一張風漬的舊報般，保存了這受了重創的土地傷痕。予人的不是哀憫，也不是悲憤，而是一道潛藏的心靈暗流被引動。我們佩服他的冷靜使我們知道這個時候臺灣農民的原貌；這羣農民憑着什麼能面對、承當這重重的苦難，除了受異族蹂躪而未屈服的堅忍特性之外，我們也想知道：這是長遠的苦難造成他們對苦難近乎癡呆的遲鈍，抑或他們另有一套生存的哲學？我們更想知道他們是無力擺脫，抑或對於延續了幾百年的苦難早已成了惰性？透過鍾理和我們可以看到鄉間農民敦厚却又不外愚昧的一面，當我們試圖界定他們的苦難時却需要格外愼重。

論眞實，鍾理和的確保存了臺灣農村極爲原始的面貌，到現在爲止我們只能承認，小說和戲劇是兩門不相屬的藝術，但是我們無法否認小說之具有戲劇的性格，在藝術的定義下，自然的事象必然透過理想而再現，純粹的寫實乃是靠不住的說法，就是自然主義的祖師——左拉也無法有始有終地固守他的描寫論。所以，與其說鍾理和描繪了農民生活，毋寧說他揭露了這羣農民生存的奧秘，他所描寫的這羣狀似無知、顢頇的鄉下人身上却蘊藏了這個島民歷盡刧難仍然堅强而固執地活下去的大秘密——忍。

在這一點上，與他同時代、同背景的幾位作家比較，鍾理和並未偏執地固守理想主義的藩籬，亦不是悠遊自適的山水詩人。雖然，鍾理和並非一起步就能擺脫被凌虐民族文學的特徵——反抗。從他較早期的作品中我們可以見到他對政治參與的熱忱，但是在後期較成熟的作品中，已把政治意識隱藏起來了；這是他作品的重大轉捩點，也是使他在同時代的作家中獨樹一格的重要原因。與他取材同一時代背景的吳濁流、楊逵、鍾肇政諸人對於大環境都有强勁的反擊，尤其是楊逵與吳濁流幾乎把文學當武器，他們那種强烈的文學使命感固然在文學上自備一格，這是受奴役民族文學最容易走上的一條路，諸如巴斯特納克、索忍尼辛都是相同環境的作家。大概說來，這種文學觀免不了急切地賦予書中人物以戲劇的性格，也由於急於表現一己激烈的「理念」，所以他們筆下的人物不是具有「政治」的覺醒，就是扮演異族政治下以悲苦代替控訴的直接受害者；在意識上，他們以反抗精神做骨幹；在形態上，他們以苦難爲根基，因此他們最關注的是有目共睹的有形迫害，最重要的是他們現身的方法大都是附着在知識份子這一層人身上。因此，不管多麼巧妙的安排，仍讓人覺得戲劇的色彩，這種文字的目的亦是赤裸裸的，所以不管是楊逵式的鋼熱抑或吳濁流式的悲冷，相同的是他們一致的把這一幕悲劇用政治舞台來鑲嵌，他們很耀眼地以政治覺醒的方法，描繪了淪亡五十年的島民艱苦奮鬪留下的有血有淚的一面。鍾理和却掙脫了這道軌跡，表面上近似憂傷而卑弱，實係堅毅而柔韌，他筆下的人物似乎只知汲汲於營生，無暇多想。他們窮、他們苦，不過他們只感覺這一切只是生活的不幸，而非不幸的生活，讓人覺得這種不幸與其說是來自外力的加予，毋寧說是他們自身愚昧懵懂的延伸。他們那種樂其所生的恬然自適，予人的感覺絕不是同情憐憫，而是渾然相忘的可親近感，這一點要歸功於作者耐心地挖掘了苦難的根源。當然，他不是在宣導消極的宿命哲學，他只是從根去展現這個極爲深邃的世界。有許多和他身份不同的作家常震懾於鍾理和握有這個强固的根，而自嘆闕如（見吳濁流著「泥沼中的金鯉魚序」）。其實這種想法毋寧無有，可貴的經驗却是殘酷的現實換來的啊！

我們從他苦心孤詣創作的人物可以獲得答案，『笠山農場』中與一隻禿尾狗相生相死的饒新華，『老樵夫』裏的邱阿金……雖是些不起眼的小人物——在芸芸衆生之中，頂多只是一丑角而已。他們的生命在這社會中無足輕重，甚且我們很難從他們身上輕易尋到，可以作爲小說主角的鮮明性格，甚至他們還欠缺一張清晰的臉龐可供勾勒，然而鍾理和却始終將他的筆繚繞在這批人物身上，比之同是描寫過氣人物的『臺北人』，這一張張欠缺營養的蠟黃面孔實羞於現世。其實這不幸座落在民族苦難門檻上的一羣，經過異族長期摧殘之後，莫說找不出『臺北人』裏明朗剔透鮮艷的「大人物」，就怕比諸曾一度翩翩的「王謝堂前燕」也要自嘆弗如吧！所以理和先生不走吳濁流、楊逵他們的路子是其卓見。半個世紀來，這些木然的臉龐實在擠不出眼淚來了，硬要他們登台吶喊亦無補於「奴化」的惡意攻詰（吳濁流，『路迢迢』）。冷靜想來，我還是贊同鍾理和不要化裝，連同他們生長的土地搬上舞台的作法。他們强韌的生命力令人驚異，更進一層說，比之活着只是爲了打情罵俏的「大人物」，這一羣小人物的生存哲學足以說明這個島上的居民歷劫不仆的存在根源。

3

我以鍾理和能把他的筆端約束在這羣淳樸的農民身上，又不把這些人作爲他思想的傀儡，賦予政治的生命，主要的原因還是源自他獨特的想法。如果說鍾理和由積極轉爲消極的原因是病魔纏身，這却小覷了他的意志力。從他爲文學鞠躬盡瘁的決心看，鍾理和將注意力集中在農民的生活上，是一種肯定的主動的抉擇，而不是被迫的不得已的退避，他在努力探索這羣人生存的秘密，他從文學的角度來觀察，所以我們能覺得他們苦痛的現實中也有詩樣的一面，但是鍾理和並未詩化他們的生活。所以我們依然可以看到他們現實生活的原貌。在他唯一的長篇小說『笠山農場』裏，山歌對答的畫面令人幾疑幻似初民生活，他們勤奮地工作，工作是他們生活的主幹，但是工作亦自有其歡愉的一面。在那男女對駁的山歌聲裏，我們聽到的，不僅只是拙樸的山野戀歌，我們更見到他們樂其所生的一面——「歌唱得好，活兒也就做得好。」（笠立農場七章）當歌聲起時，不但表示他們對生活的完全滿意，甚至他們忘了身上的汗水，忘了他們曾爲爭界址、爭田水而尖銳對立的褊狹，當然他們更記不起生活中的苦了。

從另一個角度看，他們不但樂其所生，甚至連「爲而不有」的灑脫也具備了。『笠山農場』裏的「山精」饒新華，他只「鑽山」，連田地都不想擁有的山鄉的子民，怎能不說也是一種山野中的瀟灑呢？他對於土地的喜愛，有信心却不貪婪，你看他一杯在手的陶然自醉：「笠山什麼沒有？」、「……地面，河裏，可有的是東西……。」那神氣怎不能也說山野村夫亦自有其風流呢？之中雖有悲苦、有爭執、有鄙吝、有愚昧、有譎詐，但是串連起來，又是實實在在血肉交融的世界，而不是虛幻飄渺的桃花源。那裏面的農村山鄉景貌，今天早已被現代文明塗抹得面目全非了，鍾理和的作品無疑是一幅極爲珍貴的留影，因爲他是在以臺灣農村爲背景的作品中，唯一把山村連同村夫搬上舞台的一人，而不是只把山村作爲舞台幕景的點綴。因之從文學的觀點看來，並不是十分完美的『笠山農場』，能從高處俯視一羣生活得苦不堪言的山野村夫，却能不盡見其苦，進一層挖掘出臺灣農民與土地之間，相生相養的神秘戀情，確足以獨步古今。

4

有了這樣的認識之後，我們要討論到鍾理和作品中的人物。如果我們能撇開移情作用的鑑賞病，我們必然知道最感人的作品並不是最成功的作品，所以鍾理和以他的身世寫成的作品，固然可以襯出其思想之一斑，但並不成熟。短篇小說中的『復活』、『貧賤夫妻』、『同姓之婚』、『錢的故事』，這些自傳性甚爲濃厚的作品，只能說是感人，而不能說是偉大。固然他前半生爲婚姻奮鬪、後半生與疾病戰鬪，一生中經此兩大煉獄，的確可以寫出許多感人的作品。但是如果一直停留在這裏，只有感而無思，未能進一層推展，卽無法寫出偉大的作品，所以一定要等到『菸樓』、『女人與牛』……這些作品的出現才能見他走出「自我」的象牙之塔，也必定要等到『故鄉』的出現，才見其所謂「悲天憫人之胸懷」，才眞正奠定他在文學上的地位。而且在他自傳性作品中所欠缺的明確時代意識，在這裏都逐步彰明了。

在『同姓之婚』、『貧賤夫妻』中，他能以平和冷靜面對最強烈的生活迫害，固然能闡明他承當苦難的堅毅、穩實，但是文學家的關注不應該只限於這麼小的格局。要之在『閣樓之冬』裏寫到邱春木的母親，在『老樵夫』裏的邱阿金，『菸樓』裏的蕭連發，甚至『女人與牛』裏的阿遠，這些在命運的註冊下必需像牛一樣拼命工作的「人」，比之『貧賤夫妻』或『復活』裏的「我」，雖然在感人的情節方面稍見遜色，但是積極地承當總比消極地「順受」更能感應出他們樂天知命的性格，所以透過這些人物，鍾理和總算探着了他所戮力關切的這羣人生存的秘密。在這樣的地方人性是嚴肅又不十分完整的，譬如說只有「村頭李家沒有柴燒，或短了一支雞油的犂轅，或楊家孩子要他掩埋」才被人想起的老樵夫——邱阿金，那樣受人輕蠛地活着，但他對於自己的「死」却又看得十分愼重，連死後「穿壽鞋」也捨不得麻煩人家。能做到如此來去分明，雖不是十步一芳草的芳草，至少，他活得乾淨俐落，一枝草一點露，分點露水滋潤，總不會過分吧！雖然他總希望記住人家的好處，但總記不起來，不如說從十幾歲以來，只知貢獻而無需求的人生，別人一點也不計較，自己又如何計較許多。山鄉野村這樣的人物亦意味着人雖渺小事雖平凡，但每一個生命都有其意義，有其價值，是眞活人就應有責任尊重自己生命的嚴肅，在無可爲的環境中，回過頭來强調生命的意義總不會是一種罪過吧！鍾理和庶幾近之乎！所以這些可以沒有名字的「小人物」正是他走了那麼遠的路，見了那麼多的人與事，再回到故鄉後，有逃避、有追尋之後悟出的眞理——人生的莊嚴。

如果說鍾理和的風格紹承了儒家溫柔敦厚的胸懷，至少他也參入了老子以退爲進的機智，在文字的外貌上，他力圖掌握住山野生活的淳樸，在思想秉持上我們寧願說他是尖銳而激進的，只不過他昇華在堅護人性尊嚴的主題上罷了。

『女人與牛』是換了另一個角度來討論人性的問題。阿遠原是介乎白痴與幾分瘋癲的女人，除了趕牛揀牛糞，獃頭獃腦連個眞正的「女人」也未必能算是，常是人們尋開心捉弄的對象，卽使在和她有夫妻名份的阿貴眼裏，也是一頭母牛都不如。作者寫這樣一個人，是在特意强調：「一個人生而貧窮，而這貧窮自他落地時起，便一直壓迫着他到死爲止，這種事也是有的，固然可悲，然而未始不可以用他的努力和智慧去改造他那惡劣的環境。人類過去的歷史便是由這些人所創造的無數動人的故事集合而成。但是我們失去的胳臂或心靈則永遠也追不回來了，這是天地間不可彌補的最大憾事、最大不幸。」所以作者並不是在寫一幕以牛換人的醜劇，他在爲人性的尊嚴厲聲疾呼。人難免有對自己認識不清的時候，取笑嘲弄身心殘障者的錯誤卽是一例，但那不應該是人的本性，人都應該知道維護人性的尊嚴，所以面臨阿貴要以之換取一條要用釘子釘才上道的母牛時，不管識與不識，不管以前是多麼鄙視阿遠，甚至現在仍然看不起她的都站出來說話了：「牛換人，這本來就不像話了。」因爲它觸傷了人的尊嚴，這一點上便足以說明鍾理和對人性的關注不只是纖細的，也是普遍的。

5

三十五年，鍾理和回到故鄉時看到的戰後世界，本着他源自農民的性格，這一切的確是「去者已矣！」他沒有流於褊狹地對異族政治加以攻擊，甚至沒有很意氣地將這一切歸結爲「戰禍」

實是出自理智的認定。也可以說這一切景象促使鍾理和的追尋人性的理念，已超越了褊窄的民族意識。吃「蕃薯簽」人仍可以活下去，甚至在「苛政猛於虎」的暴政之下，人憑着反抗的堅毅也能支持下去，但是放火燒山却是愚不可及的自取滅亡，到了不相信自己，願自動被神愚弄的地步，才是眞正的危險，就算是厄運吧！「近代中國民族的厄運，應該由中國民族自己負責，我們不能全歸咎於外來民族。」（張良澤：『故鄉』編者引論）甚至竟或盲目地將一切罪惡都轉嫁於異族統治而疏於自覺。這是鍾理和對自己民族的苦難理智而客觀的省察，也是他對人性問題進一步的認知。我覺得鍾理和寫作的生命太短了，不足讓他觸及文學的堂奧，上天未能允許他有從容的時間把理念表達出來，今天他作品中留下的未盡完美的地方正是這個緣故。

鍾理和對人性問題的關注，固然是戰亂時代作家自然的傾向，但也未嘗不是三十年代作家精神的延續，雖然沒有明顯的證據指出三十年代作家對他影響有多深，但是以他停留北平的時間推算，三十年代作家的作品一定是他自我學習的範本，在形式上，他那種急於說理的寫法就是不脫三十年代作品的本色，比較「阿遠」和刪改後改名的『女人與牛』就可以證明這一點。三十年代作家主張「文學是人生的表現」的觀念，未始不就是他這一思想的淵源，而且從他作品中的文字上也可以看出，他是臺灣新文學作家中最早融入祖國新文藝血流的一位。不過，他並沒有沿襲他們那種疾風暴雨般地反抗舊禮敎、抨擊舊社會的激情。相反的，他是出奇地冷、出奇地靜，因此他的認知格外地澄明，他不是瘋狂地攻擊一些「偶像」，而是平靜地探索一些根心問題。這是器度的問題，我以為三十年代的作家才情並具，唯目光太短，除了近取諸身，他並未能關懷及知識份子以外的人群，他總把全人類的苦難誤認作知識份子身上的那一點點不如意，這是鍾理和採取保留的地方。他寫的幾乎全是目不識丁的鄉野村夫，但是人性的尊嚴既不在智愚貴賤，又豈在知識的高下？過去小說家也許迷信作者的思想一定要透過知識份子才能還魂，至少也還是透過知識份子的眼光來現身的。因此我們常見明明是與任何文化活動都沾不到邊的「小人物」，却能在作家的擺佈下說出一套哲學家才能懂的哲理。當然我們前面也承認過文學一直有它不能擺脫的戲劇性質，小說家筆下的人物帶有幾分誇大與失實是不必大驚小怪的，不過若達到不落言詮而又耐人尋味，當然更是上乘的境界了。這是鍾理和出入三十年代作家，又能不忘自己的地方。

最能綜合鍾理和這項特性的作品，自是非『故鄉』莫屬。故鄉雖只是一幅幅臺灣甫光復之際的農村景象，作者也只是在串連這些景象而已，但是我們却能從其中串出一幅驚心動魄的悲傷來。從『故鄉』的第一篇『竹頭庄』，我們看到「田裏有人用鐮刀把稻苗連頭割起」當夜草餵牛的旱象，連「貓兒養下來還要大得多」的窮苦人家的孩子，「飯鍋端出來，米粒數得出，孩子拿着飯匙撥開了上面那層蕃薯簽，直往鍋底挖」的物質生活。苦難的時代，人還沒有生下來就先嘗到了不幸！但這個世界的人並沒有因之就喪失了信心。這是旱災、是天災，但是他們仍然揹起布口袋，匆匆地走着，默默地步向生命的旅程，卽使只是一把老骨頭，也要等待棺材蓋子蓋下來他才肯被迫休止，絕沒有坐着等待的道理，但他們悲哀嗎？他們可憐嗎？至少，他們自身沒有這樣覺得。

可是這一篇的另一段，寫到曾是機智活潑有希望的青年人——炳文，經過了這麼一個時代打擊，竟然成了陰淒淒地縮在牆角竹椅上手裏揑着『三國志』，連嘴角都弛得縮不攏的廢人了。知識，能救得了這樣的悲哀嗎？作者並沒有攻擊「知識」，但是他却知道他的筆所觸及的世界有其特異性，妄然加以知識還魂的筆法却是可哂的。支持他們活下去的力量不是知識，甚至鍾理和還認定這樣的世界裏，連靈性的觸及也應該避免。譬如「阿煌叔」，這在山野中曾是叱咤風雲的强人，曾是人人敬之三分，餐桌上當然「吃鷄頭」的「班頭」也倒了，正因爲他不應該地覺悟了生活。他近乎憤恨地說：「難道說，我還沒有做够嗎？人，越做越窮，我才不那麼儍呢！」、「在從前，誰不知道我是吃鷄頭的人。」人可以默默地做、靜靜地受，怕的是回過頭去想，黃粱夢醒，情何以堪？鍾理和不知說的是反話，抑或是眞心話？不過，可確定的是，那是一個經不起分析的世界，不去思、不去想，這個世界安然完整，仔細分析卽支離破碎。不知不覺則逆來順受，安然自適，怕的是去想、去剖析。

在『雨』裏面有完整的說法，「黃進德」正是這樣的一個人，他介乎農夫與鄉紳之間，比農夫多一點點，對鄉紳除了飽以拳頭之外別無辦法的一個人，所以他活得極不愉快。他看不慣神棍製造的迷信，看不慣欺壓善良的鄉紳，看不慣欺騙，看不慣土頭土腦，看不慣自己，所以他常常生氣，只因爲他比別人多一點「知覺」。他脫了俗，也就註定不愉快。這樣的一個人活着十分矛盾，他雖不會自殺，不過他女兒雲英的死，却證明他被這個時代擊敗了，他那一點點「自覺」適使他成了受害人。這麼說來，我們豈不是要懷疑鍾理和是消極的頹廢主義者？難道這羣人就應該默默地受、永不覺醒嗎？「知覺」適足以帶來悲哀，更遑論「知識」了！

我以爲這個問題應回到鍾理和的寫作態度上去討論，他不是純粹的理想主義者，也不是絕對的寫實主義者，一直游離於這兩者之間。在形骸上他是與鄉野村夫爲伍的，在精神上他是他們的支持者，他以爲「知識的價值」、「人性覺醒的過程」並不是這個時代的主題，他只關注受迫害者的「人性尊嚴」，所以與其說他消極地要這羣人承當，不如說他在積極地探索他們所以能承當的理由，他們的隱忍狀似無知無覺，使他們避過了尖銳的衝突，這是他們如愚的大智，並不是他們麻木地苟延殘喘。這或許暗合老子「有無相生，難易相成，長短相形，高下相傾」的道理，他們堅强地活過來了，而不是他們被奴化得沒有知覺了。我覺得許多人都採取「抗日運動」的角度來寫這一段時間爲背景的作品，鍾理和獨樹一幟絕不是單純地爲了「出奇」，而是另有所本。

這又得回到他那些自傳性甚濃的作品上來討論，他在一己的困境中體驗到人之惡，其實不在其惡，而在人性之愚昧褊狹。譬如他的「同姓之婚」，從理智的觀點來看，一既不犯法，二則不違背道德，三則不傷害別人，父母不諒解倒也罷了，事不干己且不論識的與不識的，也都從各個角度予以侮辱譏諷。就算是這樣的婚姻足以爲那單調的時代添些茶餘飯後的談資，却不至於應該受到近乎惡毒的羞辱攻擊，置人於無立身之地，豈不是近乎「惡」了？但是你却不能反擊，你只得忍受，還得慢慢地尋求諒解。這是鍾理和活在這個時代的心得，在這個時代想了解自己行不得，要別人諒解更難。『菸樓』雖然寫的不是「自己」，但是在精神上他似乎找到了「吾道不孤」的伴侶了。蕭連發小時候看過自己的父親把生了病的母親用繩子拴在腰上拉去林場做工，他知道這是沒有辦法的殘忍，但是到他自己的一代，這條繩子綁在自己頸子上了，更悲哀的是繩子的另一端牽引着的是自己的手？抑或命運之神的手？他已不知道了，他只知道沒有不向前走的權利。雖然自嘲「菸葉」是「寃業」，依然鷄啼卽起，夜裏挑燈夜戰，工作像牛，但不爲人所諒解，也不爲上天所諒解，卽使有反擊，又向那裏「擊」呢？

人，在現實世界中所表現的種種行爲，往往不是「眞我」，人常活在一個假象裏而渾然不覺，則能樂其所生，能不覺別人的「惡」，亦卽無「惡」，所以他沒有把『雨』裏的羅丁瑞，『笠山農場』裏的何世昌……這些惡人鈎畫出邪惡的嘴臉來，並不是消極的寬容而是肯確的諒解了。事實上，這些「惡人」正是那個封建勢力中的不可理喩的「惡」的象徵，所以由此推而廣之，整個大環境亦可作如是觀，這正是處亂世的哲學，拋頭顱灑熱血固是英雄，但對付長遠不復的劫難，它却又未必是最好的方法。留得青山在不怕沒柴燒，正是多苦難煎逼下的哲學。

6

誠然，短短十年左右的寫作生命，對一個潛藏深厚的作家而言是不够的，更甚的是在他全心致力創作的晚年，「病」使他每天只有兩小時的寫作時間，無論如何都會令人興天不假年之嘆。從傳世近五十萬言的作品中，雖未能臻其創作之顛峯，但規矩已具，氣候已成，剩下的只是時間的問題而已。我們爲鍾理和惋惜，亦爲整個新文學的里程惋惜。這些作品分開來看也許未盡完美，但從總體看來，却已成一家言，原因還在於「病」使他精力不繼，而非尙未成熟，在給鍾肇政的信上他曾談及改寫『笠山農場』的計畫，可見他明知自己的缺點却不得不因體力不足而作罷。我以爲從鍾理和的作品中可以完全看到病弱無力的影子，很少能結結實實把他的才情思想融爲一體的，譬如說『貧賤夫妻』、『復活』、『同姓之婚』這些作品中寫情極細膩，却太欠缺思想上的照應。『老樵夫』、『菸樓』、『雨』、『女人與牛』這些能表達其悲天憫人胸懷的，却又未能發揮其舖陳的技巧。在技巧上令人拍案的『蒼蠅』、『草坡上』却只是精彩的休閒文學，眞正能將其成熟思想昇華之後不着痕跡地表露出來的是『故鄉』。我以爲鍾理和循着這一方向應該可以爲他自己顧忌太多的寫作背景找到理想的出路了，但是遺憾的是僅此一篇而已。

因之綜合地說，鍾理和具備了「偉大作品」的本質，他從自我的苦難出發，也能關懷及他周遭的苦難，更重要的，他能深一層地探索整個苦難的根源，我認爲他的確有擁抱人類苦難的胸懷，可惜的是仍在醞釀而未蒂落罷了！天不假年，惜哉鍾理和！

7

予鍾理和在精神上鼓勵極大的「文友通訊」上，我們可以看到臺籍作家在光復之初，曾經為尋求一種具有自己環境特色的文學困惑過，也引起了許多爭議。「方言文學乎？」、「文學中的方言乎？」始終莫衷一是，而鍾理和主張：「我們似乎應捨去方言，而只標榜『臺灣文學』，祇把方言作為其中一個重要因素，似乎卽已把『臺灣文學有臺灣文學的特色』這意思凸示出來了。」確是一語見眞章。三十年來，不但老一輩作家循着這一條路線發展，卽年輕的一代也在這上頭大作文章。這裏已無關乎方言不方言的問題了，重要的是文學的內在含蘊。鄉土文學也者，土的不必是語言，土的應該是理念，在內蘊上未能勾勒出鄉土的神髓，語言也者，亦只不過是花花草草而已。換句話說，泰恩：「種族、時代、環境是文學三要素」的說法雖覺大而無當，却也未必有加以反擊的必要。既然文學所以為文學的使命是如此不可規避的大擔當，當然文學工作者就沒有理由避開這個時代的主題。鍾理和避談政治只談民生，多寫種族而少談民族，這之中不應該被指為「褊狹」而只應該說是謙遜。

我們先談第一個問題，「政治」實是涵蓋太廣的題目，如果鍾理和也和在日據統治下生活的作家一樣，將一切不幸都歸諸五十年的異族鐵蹄，必然很容易流為不負責的漫罵；反之，從人民的生活着眼，我們將看到歷經五十年的搜括蹂躪之後，這塊土地已變得又窮又苦又病了。我們不但可以洞悉他們怎麼活了五十年，他們憑什麼熬過了這樣的日子？這種手法並非指桑罵槐而是醍醐灌頂，我們將發現這種迫害雖是一時，創傷却是永遠。因之鍾理和筆下的人物形骸是苦難，影子却是憂傷。其次，民族與種族雖是血緣相連、苦難相通，可是這當中有一段很長的孤苦奮鬬的歲月，在精神風貌上仍是民族正氣的延續，但是忍受或反抗的方法却有其特殊的色彩。鍾理和的想法上能解釋爲謙遜地表達了這麼一股力量的根源，這是他看清楚了與其做泛民族主義的鼓號手，不如做一個默默爲民族植根的播種人。所以既然他能標出「有臺灣文學特色的臺灣文學」這個宗旨，就無怪乎他要執一而終了。把深邃誤爲褊狹固是不當，把謙遜誤作卑弱尤其不該，理和先生有生之年未能獲得應得的喝采，正如他的同胞一樣，被誤解太深，需待人慢慢的品嘗探索。

如果疾病爲脚鐐，貧窮就是手銬，他已在命運的窄縫裏以苦難當餐，但他從字裏行間吐出來的不是怨氣、不是怒罵，他在發明這塊土地上生民的內蘊。希臘神話普洛米修斯盜火記中記普洛米修斯造人的時候，曾小心地將天神朱比特有意賦予人性中的疾病、憂傷、嫉妒、憎恨……這些可能種下人間苦難根源的精靈封藏起來，雖然最後仍被潘朶拉施放出來了，但是普氏未雨綢繆，在當中先埋下了希望的種子，這是苦難人生的寫照。在鍾理和筆下的臺灣農民亦正這樣照映着：苦難重重之中，却仍有一道希望的光在風中搖曳着。

論鍾肇政的鄉土風格

1

人生百態好比弱水三千，卽使最爲睿智的作家，也只能但取一瓢飲。不管他對人生的態度如何，在透過文字的表達之後，用以和讀者達成連鎖反應的一定是主觀色彩極爲强烈的意念，而且一定是一個可以肯定的意念。就單一作品而論，這是主題；就作家而論，這是風格。因此文字所佔的份量，只是媒介罷了。就客觀的角度而言，這種風格、主題並不能透過是非、對錯、善惡等觀念來衡量，它只是代表作者在表達之前的取捨與抉擇而已。因此，在討論鍾肇政的作品時，「鄉土」將成爲我們揭櫫的主題。

如果文學家以他畢生的心血執着於這一主題時，純粹就文學批評文學的立場看來，我們便不期然會有「文章千古事，得失寸心知」的感慨了。「票房價値」不能代表藝術成就，固是不爭的事實。但是純粹回到藝術的本身，我們又該以何種標準去品評藝術的高下呢？鍾肇政就是一個典型的疑問，他既然執着的是「鄉土」，自然就不會有華麗動人的外貌去引人注意了，可是幾十年來，鍾肇政的鄉土文學一直孤獨而强硬地佔住了自由中國文壇的一角，又象徵了何種意義呢？

這裏我們不能否認整個人類價值觀念的變遷是驚人的，如果一個文學家企圖攫住一個主觀的標準去觀照這個世界，他將被證明是一個頑冥不靈的落伍者。由此，文學家縱有許多主觀的執着、肯定，他絕不是只去肯定一套價值標準來衡量這個世界。他只是肯定他所愛惡的對象，他只肯定人生的事實，因此，有許多「文學是反映時代」、「文學是反映人生」、「文學是反映現實」的論調，無寧是要讓文學家疲於做一個社會遷移的追逐者，捕風捉影，或許還能够形盡、形似這個社會的外貌，可是終難能把握到這一個時代的內蘊、時代的精髓。鍾肇政肯定的是鄉土、肯定的是土地，從鄉土、從土地延伸了感情、延伸了喜悅，也延伸了悲哀。在方法上是拙樸的，但是在意義上却是深刻的，土地是不變的，鄉土是不移的，從土地延伸的一切或許已滄海桑田，但他們的根是相同的，鍾肇政能回到這一個根，尋到這一個根，挖掘出來而加以發揮，加以小心地呵護，他至少否定了文學是無病呻吟的惡意攻訐。

就鍾肇政的寫作時間而言，我們給予他任何「定論」似嫌過早，但是就他對鄉土的肯定、對鄉土的執着而言，則是值得喝釆的。幾千年來，我們的祖先留給我們一批碩大無朋的文學遺產，這裏面幾乎什麼都不缺乏，缺乏的就是一種「屬於中國的情感」，除了不必再指責的宮廷御用文人之外，大部分的作品幾乎都是千篇一律的濃重脂粉氣味和貴族色彩，還有就是士大夫意識，缺乏一種眞正的情感根源。當然這在唯我獨尊、天下一家的時代，還是一件無可厚非的事。但是天下只有中國的觀念打破了之後，百多年來，甚至五四之後的五十年來，我們的作品還缺乏這一個根源則是可恥抑且可悲的，讓賽珍珠的「大地」成名於前，也是令人汗顏的。新文學運動接受了西方文學的衝擊固屬可喜，然而接受了西方情感的根源則是可恥的。不幸的是自由中國多的是這類作品，當然這裏並不是主張人人都奉鄉土文學爲圭臬，而是說我們需要去探索——也可以說等待我們去探索的就是這一個源自土地、源自民族的情感與思想。也許以一個生於臺灣、長於臺灣的鍾肇政，他的鄉土情感難免偏焦、囿限於臺灣，但是他基本的情感還是中國的。就是題才的選擇也不免令人有褊狹的感覺，但以小可以觀大、察微可以知著，透過一個多難多災的島，我們可以看到這一個多災多難的民族；透過一個個小小的鄉土故事、鄉土人物，我們可以知道這一塊土地衍生了哪種悲哀、發現了哪種喜悅，這是鄉土文學的極則，也該是任何文學作品不該欠缺的吧！

2

不容否認的是鍾肇政的鄉土風格多少沾了一點時代環境的光，但這並不意謂他是一位時代造就的作家。相反的，他在追求這一個「鄉土」意念的過程是備極艱苦，不論語言、抑或意念，我們都可以在他的作品中尋出他努力的痕跡，足可證實這種說法。

以「鄉土」這一個肯定的點出發，討論鍾肇政的作品，雖然可能犯上主觀色彩太重的危險，也難免有掛一漏萬之弊。但是反覆尋思的結果，鄉土實是他的作品中獨具而鮮明的色彩。從這一個角度起論大概還不至離題太遠。

「鄉土」一詞，從字面上來說，很容易和寫實主義、浪漫主義……這些文學名詞一樣，被膚面詮譯爲文字的俚俗和人物情節的鄙碎，因此就題材而論，它與民俗文學之間的界限是有待釐定的；就文字而論，它和方言文學間的曖昧也有待澄清。當然它們之間容或有相同之處，因爲鄉土文學所藉重的風土民俗、故事、人物，甚至方言俚語的來源是相同的，可是絕對不同的是：鄉土文學只藉此做爲表達的手段，而不以描繪這些做爲其終極的目的，其目的只是在藉此完成一種土地的概念，也可以說他所看重的是從土地延伸的情感、延伸的愛惡。有了這樣的認知之後，我們才能透視出鍾肇政文字、人物背面所隱藏的內涵。

在論及他的文字之先，我們似乎應把他的作品，做一概括性的介紹。到目前爲止，鍾肇政已出版的十幾本作品中，不管長篇、短篇，可以說始終朝着這一個方向在追尋，如果將這些作品按照創作的年代分期，我們將不難窺出個中端倪。

「殘照」、「輪迴」、「魯冰花」這些長短篇集子是屬於早期的作品，中期的作品應以作者最負盛名的「濁流三部曲」(濁流、江山萬里、流雲)爲主，此外有「大壩」、「大圳」兩部長篇和「大肚山風雲」這部短篇集子，後期的作品則以「臺灣人三部曲」的第一部「沉淪」和短篇小說集「中元的構圖」爲主，此外就是一些零星的短篇了。如果就內容加以分析時，「濁流三部曲」可以說是代表了作者成長的痕跡，而「臺灣人三部曲」則是一部寫臺灣史的意念下產生的作品，「殘照」、「輪迴」則是早期的試作，這些作品中留下了作者探尋摸索的痕跡，都是尙未定型的作品。「大肚山風雲」的格局則近似「濁流三部曲」，而「中元的構圖」則是作者短篇技巧圓熟之後極爲出色的代表作。做過這個概括性的分析之後，下面我們卽可將鍾肇政的鄉土風格理出較爲完整的體系來。

3

鍾肇政生長於臺灣，可是却成長於日本人統治下的臺灣。他親身體驗了這一個多樣的時代，也因而造就了他特殊的語言形式。

除了他的家鄉語言之外，十幾年的日制教育，日語、日文成爲他早期思想成長與閱讀的工具，光復後他才又重新學習完全陌生的國語作爲寫作的工具。這個極爲特殊的語言背景，固然可能帶給他許多尷尬，但也可以因而奠下了他風格別具的語言基礎。

首先我認爲一個人經過了多重的語言變遷之後，還要求他保持任何單純的語言形式多少是一種苛求。其次，我們也可以這樣斷定——如果他想用非常純粹的國語，做爲他唯一的表達工具時，他必然覺得這和他所要表達的鄉土題材間有不能契合的隔絕感，那種感覺的彆扭，正如用西洋刀叉吃白米飯一樣不相襯。另一方面，如果他想發展一種非常純粹的方言文學時，他同樣也將面臨難堪的難題，方言從語言到文字之間的距離就是不易突破的。當然這並不意謂這之間的不可能性，而只是說在這多種語言過渡交叉的時代，能融合幾種並存的語言，反而將那個過渡時期的語言樣式貼切地表達出來，可以算是一項創見。因此他乾脆採用放任性的方式，無限制地滲入方言，甚至不避忌地使用日語（當然他基本的語言鍵架是國語）。他這一個語言方式固然是想擺脫他個人在語言方面的尷尬，而反創出了一種新的語言。最重要的是他所執着的鄉土之念，在他的作品中，我們發現他並不是毫無原則地任意使用這三種語言，而是以一種膠乳圓融的形式把它寫出來的，我們可以隨便由他的作品中摘出這樣的句子做爲見證：

1「濁流」：「現在是休息時間，事務室裏人一定很多，不如等到上課鈴響，教員們都走光了以後，才上去吧！」

2「濁流」：「眞好哇！街路的大學校是不同的，什麼都有，什麼都齊全，不是嗎？那麼吃食呢？」

3「江山萬里」：「解散後我到厠所小解。」

4「流雲」320頁：「怎麼！媒人禮當然要啊！沒紅包誰幹？」像這些句子中，我們只可約略地覺得這是三種語言的混血兒，而且知道國語是它的顯性因子，此外我們幾乎無法從他的句法中劃分出它該屬於那一個語言系統。當然這裏面並不是沒有原因的，那麼它的原因是什麼呢？一言以蔽之，即是用語言的形狀來顯現那一個語言所代表的世界，用當代的語言呈現當代的社會，這一點我們可以考察他前後期作品語言間的變遷，就可以尋繹出一個所以然來。

「濁流三部曲」的第一部——「濁流」，是以日治時代的末期爲背景，那正是日本在臺推行「皇民化運動」的顚峯時期。因此，「濁流」中的語言具有濃厚的日本語言習慣之外，還直接移用了日語的音譯、意譯，主要的就是因爲那是充滿日本語言和日本習俗的世界。至於「江山萬里」，雖然是「濁流」的延續，但是日本衰亡的迹象已逐漸明顯了，日本全勝、全能的氣焰已減低了許多，於是「江山萬里」中的語言重心也開始向方言移動了。當然比較明顯的一點是對日本的稱呼、稱謂的改變。到濁流三部曲的第三部「流雲」，這一趨向就明朗化了。「流雲」中，日語已減到最低限度，相對地，方言的比例卻提高，直到「臺灣人三部曲」的「沉淪」均維持這種文字風格。那麼鍾肇政的語言可以說是完全成熟了，已經達到眞正的鄉土語言了。當然他的短篇也沿着這一脈絡作平行的發展，從「大肚山風雲」是與「江山萬里」同期，也是同一背景的作品，因此語言的形式也是相同的，而「中元的構圖」則是可與沉淪相與印證的短篇集子。我們如果將這三期作品的語言摘出來比較，就可以證明出它們彼此間的差異：

A、人物的稱謂——前期慣用「桑」，後期多用「阿爸」、「阿哥」、「阿伯」，沉淪之中也有「小姐」這些詞出現了。

B、習慣用語——前期「濁流」：「哈！我要做一個堂堂正正的帝國軍人。」：「先……先生，日安。」到了後期的沉淪就變成「是……」、「你眞會早。」

C、語法、專門用語——「濁流」：「山川富雄教頭，事務格別勉勵，賞與金一百一十五元也。」可是到了「流雲」以後就不再有這樣純日本味的句法了。

D、後期多方言味的助詞，前期少見——「流雲」：「後生人哪……」、「中元的構圖」：「是啊！阿伯，再送也一樣，都這麼遠了。」、「不是說到伯公下嗎？嗨！到了啊！儘送也一樣。」

這只是約略地比較，我們只是想證明它們是風味不同的語言而已。但是如果我們暫時捨棄這些文字的外形不論，我們將發現這當中有一股內在含蘊的力量在推動著鍾肇政，那就是——完成一種屬于鄉土的語言。我們從他後期的作品『沉淪』或『中元的構圖』中的「中元的構圖」、「大機里潭畔」、「大崠崁的嗚咽」、「溢洪道」等可以證實，他已在對話造語方面完全擺脫挿入日語式或混入方言式的不自然了，不再出現早期那種安挿的痕跡了。就是敍述的文字，也不再有日語的結構了，尤其是大量使用虛字助詞，增加了文字的靈巧活潑，使整個文體顯得自然輕快多了。

在語言的努力上，鍾肇政可以說是成功了，而且這種語言在運用趨於爛熟之後，無疑地反成一種嶄新的格調，這種格調與純粹的方言作品不同。方言文學只是考慮以作者本人所熟悉的獨特語言做為表達工具，並不發生語言態度的問題；而以滲入方言的方式所完成的鄉土文學，他所要表達的是鄉土的概念，而絕非單純的鄉土感覺。因此在語言上他必須在融合的步驟外，還要注意到彼此間思想差異的問題。如何去溝通那些因語言關係而相異的概念，以及因生活概念相異而構成的語言差異，在在都是作者在下筆之前要加意考慮的。因此作者必須擔待着思想譯介的工作。在多重不相屬的語言思想世界中，他要居間做調人。所以不但作者語言表達的精準程度面臨最大的考驗，在語言背後，他對這一個語言世界所做的認識，仍是非常重要的。這和一些半瓶醋的作家，胡亂湊入幾句俚話、俗語而自以爲很鄉土的，實有天壤之別。前面已强調過語言只是表達的媒介，但是面臨用兩種以上的語言時，就有使用態度的問題了，因爲它和整個主題結構有關。例如有些作品，雖然同樣是以國語做整個語言的支架，同樣是爲了尋求鄉土人物的風貌需要而加上了「阿……」、加「……仔」，或加上引人發噱的臺灣國語，或直錄、直譯，甚至音譯幾句粗鄙的話來做鄉土的裝飾，而缺乏直正的鄉土意識。而這種假鄉土之名而無鄉土精神實質的作品，可以說除了出於種族自卑心理的自我嘲諷之外，實在只徒增語言的複雜性而已。不同的是鍾肇政在鄉土意念的支使下，以開放的方式展現出它所熟悉的鄉野世界時，自然流露出的貼切眞實感，使得語言、情感上都達到了圓熟融和的境界。因此，我們可以說：他是將自己融入或回歸到這一個世界去發現他的語言，而不是以自己的一套語言去表現某一個世界。

因此從他那低沉而剛毅的語言旋律，激出的是一個沒有任何「强調」、「裝飾」、「浮誇」

的平靜語言。表面上看來未經匠意經營的粗率，竟是費盡心機才護住的鄉土原貌，讓它在自然中透出厚實的內在含蘊力量，此即是鍾肇政語言上的最大特色。分析至此，我們以為鍾肇政的語言成功至少包括了三重意義：第一，他解脫了他所面臨的語言難題，其次，他進而將這些令他難堪的語言熔鑄成新的語言，最後他將他的語言發展成時代的語言。

論過鍾肇政語言的意義之後，下面我們還想討論他的語言形式問題。他的國語運用技巧是不必懷疑的，我們可以從他的作品中摘出任何段落中的句子與國內純國語寫作的作家比較，都可以是無愧色的。至於挿入日語、直譯音譯日語的部分，是為了增加背景襯托的力氣與氣氛，而且就質上歸來，數量也是極為有限的，所以並未構成大問題。至於滲入方言這一項，因範圍廣，而且它本身亦是中國語言的一支，可能產生較多值得討論的問題。當然這些是無法一一列舉的。我們只將他的用語方式條列出來，然後再加以討論：

一、純國語——這一項不管敍述、對話隨處可見，毋庸再舉例。

二、關於日語——大致不出名詞、專有名詞和習慣用語。

A、音譯而來的有「奇沙馬」（罵語）、「鴉米」（黑市買賣）、「馬拉利亞」（瘧疾）……

B、意譯的有「全民玉碎」（犧牲到底）、「武運長久」、「事務室」（辦公室）、「支那」（中國）、「巡查」（警察）、「分教場」（分校）、「鉄道部」（鐵路局）、「給仕」（工友）、……。

「馬鹿野郎」（罵語）……。（編者按：此處所列舉，應為日語的直接引用。）

C、習慣語有「哈」、「哈咿」、「桑」、「殿」（對人敬稱語）、「古兵」（老兵）、「日安」（早安）、「大和撫子」（大和女子）……。

D、日諺則有「不去碰鬼神，鬼神也不會作祟。」……。

三、關於方言——

A、從字音、字意可直接判斷出來的——「莫哭」（不要哭）、「尿」（小便）、「銃殺」（槍斃）、「老貨仔」（老人家）、「沒差、沒差」（沒有分別）、「轉來」（回來）、「泥粉」（塵土）、「擔竿」（扁擔）、「單丁子」（獨生子）、「暗」（天黑）……。諸如此類，因為文字本身的意義，或因字音相近的關係，細看即可望文生義。

B、從上下文可以會意的——

1、「輪廻」：「後母苦毒前人子……。」像苦毒兩字，不難會意出它是「虐待」的意思。

2、「沉淪」：「走反」（逃難、逃亡）——「那些男男女女，個個面上浮着焦灼與憂慮，大包小包地背着提着東西，還要扶老攜幼地，神色倉皇地往西南方逃去。老一輩的人都記得，以前也有過這種情形的。」這就是「走反」。

3、「沉淪」二百四十五頁：「把變」（耍花樣）——「……張阿達的表現實在叫任何人看了都會表示不滿意，他做什麼活兒都顯得那麼缺乏力氣，更糟的是他不能耐勞，稍稍工作久了就會發痧啦！暈倒啦！照陸家人的說法就是什麼把變都有……。」

4、「流雲」一百一十頁：「癡哥」（好色）、「乳姑」（乳房）——「前些時，在茶園摸了一把阿嬌的乳姑，換了一個耳光的是誰？你不是癡哥喲！」這種例子不勝枚擧，諸如「大壩」：「……過症啦……」（病情已沒有指望了）、「流雲」：「過定」（訂婚）、「討」（娶）、「流雲」：「頭路」（工作）、「沉淪」：「雞啼早」（黎明）、「流雲」：「倒頭死」，從音義着手，因與國語相差太遠，不易瞭解，但從上下文會意，大致都不成問題。但是從上下文或字音字義尚無法完全會意的也不少，如：

「大圳」六十三頁：「……有人說是你給他牽的猴。」

「沉淪」八頁：「…有着『滿米籮』的山歌。」

「大壩」二百二十四頁：「……你們的新居一定很排場吧！」

「流雲」二百一十二頁：「……剩下一旦一丑在一唱一答，最後似乎進入高潮了，兩人開始『打眼箭』。」

這些句子中的「牽猴」（拉皮條）、「滿米籮」（一整籮筐的）、「排場」（華麗壯觀）、「打眼箭」（眉目傳情），此外我們無法一一擧出整句的像「托下卵」（托睾丸）、「賺食女人」（歡場女人）、「雙棚較」（兩團以上的地方劇在一地同時上演）、「禾埕」（曬穀場）……。這些較爲偏僻的方言也用上了。

C、作者自註的——例如「濁流」：「高砂族」(高山族)、「平埔番」(平地山胞)、「搖頭仔」(太白酒)。流雲：「着！着！」(對！對！)。「沉淪」：「毛攔」(竹製篩形器具)。「輪迴」：「家官家娘」(翁姑)。「殘照」：「出草」(山地人出來割人頭)。

D、助詞、感嘆字、狀聲字——用字的範圍都未超國語中虛字的範圍。例如：哦、嗯、哪、啦、嘻、呀、咦、啊、嘖……都是國語中現成有的，只是所代表的意義不盡相同罷了。不過絕大部份的用字原則還是按照國語來的。

從上項條列中我們可以看出「從上下文會意」和「助詞虛字的使用」，這兩項正是鍾肇政語言的精華，也正是問題最多的地方。

需要藉上下文的文意來瞭解的字詞，多半是純粹的方言，而且是語蘊精彩的方言。但因為方言的文字是與國語同一根源的，大部分不會相隔太遠，所以這一原則是可行的。可是問題是有些委實是離譜太遠，為了解除與讀者的隔絕感，或增加行文的流暢，似乎應該割愛。我們知道鍾肇政確實努力過，只是還有些仍未完全避免而已。

再次是虛字的用法方面，這應該是方言中最精彩的部分了，可是這也成為鍾肇政語言上最弱的一環。因為他多半只用「國語」來決定使用這些虛字助詞的標準，而忽略了方言，所以常有同一語氣而用了不同字的，或同字的，或同字而語氣完全相異的，或偶然用了方言的，因而沒有充份發揮出客家語中因虛字而造成的特有柔軟感。雖是吹毛而求的小疵，但是也是我們深深寄望於他的。

純就外形而論，因爲他不太注重稠密、精簡、洗鍊等文字修養工夫，但予人的印象却是天眞未鑿的自然感。因爲他着重的是文字的內在力量，有時候似乎忘了幫讀者的忙，在方言的運用上予人太深邃的晦澀感，除非他能耐得住寂寞，否則遷就讀者一些仍是必須的。

4

鍾肇政的語言是繞着「鄉土」在轉，他的意念也將證實同在這一基點上。或許這和語言一樣，時代是最大的因素。時代賦予鍾肇政的色彩是很特別的，他自己生長在異族統治的時代，而且以最會感受的年齡飽嘗了異族凌虐的顚峯。同時知識與他的職責是去忍受靈肉雙重的煎熬，比起他周遭的大衆，他所受到的苦痛是格外尖銳和深刻的，因此纏繞他整個作品的幾乎全是這一個熟悉的背景，與這一苦痛的感覺。此外，就是臺灣光復也使他面臨一個價値觀念更迭無常的難堪，首先是從異族統治下解脫出來重歸祖國懷抱的變遷。其次是光復後新的社會形態與他所生活過的農業社會的比較。此外新知識與舊迷信之間的差異的生活觀念的變遷、生活方式的變遷，無一不是令人難堪的。面對多苦難與多變的時代，做爲一個作家這又何其幸又何其不幸的難堪。

然而對整個苦難的大衆而言，他們對於整個時代的變遷，表面上都是近乎無知又無覺的，他們所受、所感與所覺都是直接的。也許物質生活的匱乏、戰火下血肉模糊的景象、戰爭之後的妻離子散才是他們對「暴風」的最深刻印象，也許能引發他們眞正傷感的也只有這些，此外就不是他們關懷得及、關懷得了的了。以後的許多變遷，許多觀念的騰躍是令他們驚惶的，本是安土重遷，土地是他們根源的觀念是不移的，他們執着得可憐可憫，也執着得可笑。這許許多多、奇奇怪怪的感覺，實在不容我們以常理去度之，它需要耐心去探索和挖掘，做爲一個作家，這一點功夫尤其不能缺少，否則只能做表層的描述而無法深及其內面，而鍾肇政做到了。

首先他知道這一個多災多難的民族具有樂天安命和忍辱負重的天性，並且韌性極强。而這批失去祖國護翼的離島遺民只不過是承受的苦難更多些，並且將這種民族性發揮得更爲徹底，更爲淋漓罷了。他們表面無知、表面無覺，但他們是悲苦的、他們是不幸的、他們是憤怒的。對於異族的統治、異族的欺壓，他們悲哀在心底、憤怒在血裏，但是他們不慣喧囂、不慣誇大，他們只是默默地忍、默默地受。而做爲一個知識份子，感覺的觸角應該是更深刻、更敏銳的，但是鍾肇政却用最冷靜的筆法來揭示這個火樣的憤怒。「濁流」裏絕大部分的知識份子就是那個樣子，表面上無知覺，但是他們內心的想法、內心的不平、內心的憤怒，往往從他們的行動、言談、神色之中，在欲隱還顯的情況下會不自覺地顯露出來。在「江山萬里」也有更明顯的例子，對日籍同學的無故毆辱，他們只是忍、忍、忍，一個個同伴被修理了，但是大家還是忍、還是靜觀不動，還是含淚而受、還是安於惶恐中過日子。他們爲什麼不反抗呢？那正如你可以問我們爲什麼要等到民國二十六年才有蘆溝橋事變一樣——這只是民族性所使然。而鍾肇政的許多作品都讓他的主人翁具備了這一個性，沒有憤怒的詛咒、沒有高聲的呼號、也沒有沉痛的嗚咽、甚至沒有哭泣、也沒有眼淚。他知道，他瞭解，這是一個多麼深沉的民族。對於眞正無奈的悲哀和眞正深沉的悲愴是不再有悲哀傷痛的感覺的，鍾肇政第一個成功的步驟就是畫出了這群離島遺民的「心形」來。對於殘暴、無理的異族統治者，與近似愚蠢得無識又無覺的同胞們之間那種感覺，只是幾近滑稽的難堪。因此他只輕輕地鈎下了這些難堪的外貌，將悲哀過濾，將苦痛沉澱，沒有膚淺地將「愛國思想」、「民族意識」、「抗暴抗日」……這些口號附會上，固然是他覺得這些不足以强化悲愴的程度，最主要的還是對絕大多數的大衆，他們只知道怎麼做，而很少知道「爲什麼」，他不願意代替書中的人物去思想。但是當我們看到「濁流」中一個大義凜然高呼「大日本帝國萬歲」、「天皇陛下萬歲」的李添丁，等到他自己眞正要出征的時候却表現得那樣黯然；在「江山萬里」中文弱的蔡添秀也有報仇的意念，而更令人驚奇的是殺死野村勇小隊長的竟是常與日人虛與委蛇的吳振臺。我們可以發現表面上的順民，只是在弱不敵强、寡不敵衆之下的妥協罷了。反奴役、反欺壓的火焰無時不在熊熊地燃燒着。但是他們忍了、忍下了一切。是什麼支持他們那樣地「忍」呢？

我們看「濁流」中對日人的無理凌虐，他們是以什麼態度忍受的。一件是兩個小學生在向「殉國軍人」的默禱會上因調皮開玩笑，被日人吉田發現了，「立卽像一頭豹子似的跑進行列中，拳頭一揮，左打右擊，那兩個學生幾乎同時倒在地上了。」、「吉田氣咻咻地下了默禱完畢的口令，雙手又揪住一個小朋友的耳朵，把他們拖到前面。他們還沒站穩，雨點般的巴掌又落在他們雙頰上，一個打完，又換另一個。」芝麻綠豆大的事被誇張了，誇張的就是欺侮的手段，但是「……不過我發現到沒有一個臺籍同事提出意見。」又一件是白木痛揍一個因母親生病而遲到的青年鍊成團團員。明知這都是故意誇大的凌虐，但是沒有一個人表示意見，更別說是動拳動刀的反抗了。鍾肇政用極平和的筆寫下了這些，沒有悲慟、沒有激昂，爲什麼？他知道對整個苦難的大衆而言，他們並不會有什麼「苦撐待變」那樣的認識、那種的信心，他們只是將這一切歸於自然、將這一切歸於無可或免。作者要他書中的人物很平和地去接受命運所安排所給予的一切，成爲完整的宿命論者；就是他懂得「宿命論」是他們「忍」的精神根源，他們忍得那麼平靜、受得那麼甘心，原因也在這裏。「宿命」的肯定是鍾肇政畫出的第二幅離島遺民像。

宿命的定義是默默地承受而不是沒有知覺，地獄不如、鬼域不如的，暴政下鮮明的感受，所謂一切爲「聖戰」、一切爲「皇國」實在只是無奈的滑稽。「奉公」（義務勞役）、「軍伕」（日軍裏的勞役者）這些被譽爲「皇民」的榮耀，骨子裏不過是妻離子散的悲劇化身，這裏沒有一個人是勇敢的、沒有一個人是甘心的。可是「宿命」叫他沒有採用「懼戰」、「苦悶」、「無奈」、「反感」……等現代的感覺去揑造他們的心理，只描寫親情、友情、愛情在戰爭下所波及的迫害就很够了，無疑地這也就是悲苦大衆以感覺不太靈敏的觸角所能顯現的最大態度了。在命運之前，人類是渺小無力的，「命運能反抗嗎？死是唯一的途徑」——作者曾經這樣寫道。但有許多眞正的苦難、眞正的不幸是遠在死亡之上的，正如大衆對自然採取的態度一樣，當貧窮、洪水、癲癇、肺炎……到來的時候，他們還哭泣嗎?像「流雲」裏白癡的「蕃仔」、「輪迴」裏的「阿樣痲」、「大嵙崁的嗚咽」中的「阿圳」、「大機里潭畔」裏的「阿仁」、「沉淪」中的「阿坤旦」……命運的鎖鍊是那麼深牢地鎖住這批悲苦的人。但這批悲苦得叫我們不忍仰視的人物，他們自己本身實已不知悲苦爲何物，他們只知道受。描述這些人物可以說是鍾肇政又將宿命論發揮到另一個極致了。

除了肯定這一個離島遺民「忍」與「受」的宿命哲學之外，鍾肇政更肯定了平凡卽是眞實的原則。對於新知識與舊迷信之間的歧異、對於新舊兩種社會形態的遷移、愛情、友誼，無一不是以最平實的筆調來描述、無一不是以最平靜的心情來舖寫。他能洞察政治環境改變的內面，在整個生活大衆之中對於民族意識的感覺可以說只是具體生活態度和生存希望的改變。鍾肇政把握了這一點，因此他用生活觀念和經濟環境兩者來代替政治政策的歌頌和評述，使他的書中人物不染上「政治」的色彩，是因爲他體認到悲苦大衆對肚皮的敏感遠勝過對政治表面的欲望。正如書中的戀情、友情一樣，不必用動人的情話，不必用優雅的戀歌，一切只是平凡的眞實。純就外觀而言，有人會以爲鍾肇政取巧地對他所熟悉的那個多難復多姿的世界依樣葫蘆畫下來，以爲他是一個時代造就的作家。可是我們就他挖掘鄉土精神內蘊和小心呵護這一個鄉土風貌的苦心而言，我們知道他在這方面的努力是不下於語言的。

若果以他的作品做縱的分析，我們可以發現鍾肇政對鄉土的追尋是漸入佳境了。早期的輪迴雖然取材於鄉土，但是還止於鄉土的形、鄉土的貌。可是到了「濁流三部曲」，就逐漸觸及鄉土的內層了，尤其是「流雲」，可以說眞正確定了作者在鄉土文學上的地位了。同期的「大壩」、「大圳」是以天門（石門）水庭的開發做背景的，鄉土的氣氛也格外濃厚了。當然還不止這些，在這兩書中作者更大膽地肯定了屬於鄉土的迷信、愚蠢和冥頑……，使鄉土兩字更爲突出。至於後期的「沉淪」和「中元的構圖」可以說是代表了他在鄉土文學上的眞正成熟了。雖然這兩部作品所表現的氣氛是完全不相同的，「中元的構圖」與他前面的作品都是一個系列地在發展根源於土地的那個「傷感」，這個傷感是在日漸顯突、日漸厚實。直到「流雲」之後及「中元的構圖」，這個傷感就被延伸到低壓得令人無法超拔、無法喘氣的沉鬱中了。這也是鍾肇政悲劇意識發展的顚峯。到了「沉淪」，却出現了從未出現過的輕柔和靈巧的喜悅調子，這是鍾肇政意念上的一個轉機，除了源自土地的悲哀之外，他發現了源自土地的喜悅，那些動人的山歌、那些優雅的戀情，使他的作品擺脫了悲傷、擺脫了低沉。到此他的鄉土意識才算是完整、成熟了，這也是我們說他的鄉土文學眞正成熟於此的原因。

當然因爲他的作品具有太濃的自傳意味，至少是一個太熟悉的時代環境，這是他所無法擺脫的，還有想寫一部臺灣史的意念支持着他發展他的寫作路線。因爲，就整個故事的結構而言，在主題之外，常要遷入不必要的情節或挿入不相關的個人事述。因此，不但因而減低了整個小說的戲劇效果及故事的連續性，而且巨細靡遺固然使鄉土更爲完整，但是枝葉太繁，無異削弱了主幹。雖是小疵，文字的精練有時可以不被重視，但題材的精練就不同了。

6

如果文學的戲劇性可以解釋成「誇大」的話，那麼鄉土文學先天上就具有誇大和求眞之間的矛盾本質，不管在語言或意念上，鍾肇政給我們的感受是他幾乎沒有留下一點努力的痕跡，沒有雕飾、沒有匠意的經營，完全只是一個無爲而過份小心的守護者，守護「鄉土」的純眞與自然。可是如果我們挖掘及他深入而隱藏的一面時，我們可以看見他堅强而硬軋的內面也是含有挑戰和冒險的意味。他不用感覺來寫小說，使他抗拒了現代意念的誘惑，他不用割製的意念來寫作，因此他不做呼號吶喊的表情誇張，他沒有多餘的信仰——除了他自己。

因此，我們可以說所謂鄉土文學，絕不是軟性的投機文學，除開它本身的嚴正意義之外，仍然是需要强硬的內蘊來做支架的。

大王椰子

——二十年來的鄭清文

不知什麼時候，它已筆直地聳立在那裏，沒有人盼望它開花，也沒有人盼望它結果，不管是在驕陽抑或在月光下、在風中、在雨裏，它的存在早已被當成自然又自然的事實。偶然有人從它身邊走過，撫着它粗褐的體幹說一聲：好高哦！好壯啊！却很難停下來想它如何從日裏、夜裏、强風、暴雨中攝取滋養，「默默地，一分一寸，固執地指着一個方向，慢慢地成長着。」四季的花序，像商議妥當了旅程，輪番示現：雅的、俗的、清幽的、艷麗的、久的、暫的。即使短得只有一個時辰，忙着期待、忙着攀折、禮讚、慨嘆，已够人們忙了，誰耐心地去知道椰子樹的「樹幹是不平的，上面有一圈一圈灰白的痕跡。每一圈痕跡代表着一張葉子。一張葉子離開了樹幹，就在它的母體上留下一道圓箍」，除非「寂寞」如鄭清文。一張葉子不經意地掉落，不是凋退而是成長，「此中有眞意、欲辯已忘言」，「永不卑屈，也永不驕矜」的椰子樹影像總環繞着鄭清文的作品，但同爲棕櫚科，要之，唯有不以花、不以果誘人，不存心引人注目總挺立的大王椰子才是鄭清文。

說鄭清文「寂寞」也許要遭到誤解，尤其這兩年來聯合報小說獎、幼獅文藝的全國小說大競寫，全湊上了，大大小小的獎，甚至今年的金筆獎也得了，何來寂寞之有？不過我要說的是他心中的那棵椰子樹，枝葉扶疏、體幹灰樸，即使層層剝落，却步步成長，穩健而踏實。但人們却忘了或根本就沒有記住過它原本植根在哪裏，有一天人們突然覺得它的存在，也就認可了這個事實，它也就這樣老實不客氣、傲岸地挺立在這大都會的喧囂擾嚷中。不管是人文滙粹的大道邊或高樓吞噬的校園裏，它既是盡職的守衛，又是倔强的見證，不說從這裏走過的、流過的、飄過的，逃不過它的「法眼」，就是士敏土遮蔽了的地面下，它仍然盤住脚根，向上成長。雖然早已成爲大都會的一景，却有遺世而獨立的落寞。就像我們曾擔心鄭清文不但在繁華的大臺北，甚至選擇在鈔票堆（銀行）裏服務，仍要寫作、仍要呼吸文藝的氣息是多麼困難一樣。然而事實證明我們的操心是多餘的。只要明白他心中有一棵大王椰子在，他就能每剝落一片葉子成長一寸。

椰子樹特有的單調的枝葉和灰樸的體幹釀成鄭清文作品中特有的淳樸風格。葉石濤曾批評他說：「他的誠實表現在他的運用文字的技巧上，他底文章實在顯得單調又稚拙。」不暴露、不渲染，不但文字如此，情節亦復如此，但我不認爲這是缺點，鄭清文的樸實既不是由絢爛歸於平淡的矯造，亦不是詞窮而拙樸，而是他心中椰子樹影像的昇華，是他哲學理念的自然展示。我們不難想見這一棵椰子樹在移植到大都會之前原就是植根在土壤裏，土壤才是它滋養生命的泉源，就像那來自鄉野的根，使他在浮華世界中保持樸實的一面，使他能冷靜地關照這個世界，旁觀這個社會的變遷。否則若在椰子樹幹施以彩飾、懸上宮燈，充其量也只不過是芸芸世界中的丑角，遑論風格？只怕空無一物了。故而敷衍情節固然是小說之所以爲小說的一項理由，但作家誠實地選擇最切近自己的態式表達自己却比隨俗敷衍更重要，作家風格的建立當以此爲首要課題。鄭清文自己雖說這是「個性」使然，但一旦貫徹如一，這便是思想的產物了，無疑標誌仍是自己訂的。

誠實是做爲大作家最必要的資質，實實在在地表達自己的經驗世界，實實在在地說心裏想說的話，仔細探討鄭清文，他是誠篤地握持這個原則的。

光復之際，他已唸完了六年書，不大不小，舊的社會屬於異族迫害的一面，和新的社會政治經濟的大變動都不是太切身的經驗，因之童年生活中記憶較深邃的只是鄉居生活的印象。成年後，社會各方面的變遷已在和緩中進行了，雖然這些都成了他作品的素材，但他的鄉居生活是停留在田園詩的情趣上的，他享受過這樣的生活，所以他喜愛這樣的生活。因爲以他的年齡只嘗到了鄉村生活恬適的一面，也從田野中獲得了純樸、謙遜、靜逸的本質。至於鄉村貧困艱苦的一面，因爲不在其位不謀其政，沒有很深的印象，自然也就不會深一層去探究了。我們從他的筆下所看到的舊社會，雖然也有愁苦，但都相當的堅毅，那種苦難經常是會被克服的，它是這人羣中自然而然的一部份，鄉野生活在他印象中是完美的甜蜜的，甚至是他渴望的理想生活，是他思想的出發也是歸宿。所以鄉村的景物人物一直是他作品的舞臺道具，沒有躍昇他作品的主題主角，原因即在此。這和在他之前、在他之後的許多在地作家不同，他們常在鄉村貧困的一面大作文章用以證明他作品的根源，在這一點鄭清文却別有懷抱。

導引他的作品的，固然是誠實的本性，但一個作家的睿智在乎他的抉擇。貧窮也許是這個社會的表象，一定要指責這是它獨自馱負的病態却也未必然。從長遠看，從前富的，今日窮了；從前之富，已是今日之窮，未必要這樣的題材才是作家賦予人生的熱烈關照；從深一點看，看人性的眞象、人性的轉遞，或許更能探到悲劇人生的悲劇本質，鄭清文選擇的是這個方向吧！有人願意爲人世的現象激動得鼓譟吶喊，有人爲人性潛存的暗流憂心忡忡，亦只是人各有志罷了！豈必妄加軒輊呢？

同是導源於鄉野，一是以哲人悲天憫人的胸襟申述抗議，一是以老農的寬容堅毅品嚐眞正的生活，所以不管評量人生、批判人生，鄭清文早年的鄉居生活影響他甚大。

從大自然中體驗的，鄭清文對人生、人性抱持極爲誠敬的態度，對他身邊的「人」與「事」不但不用決然的抨擊，甚至有失厚道的「嘲諷」亦不用。有時候我們眞要爲鄭清文不溫不火的慢郎中作風暗暗着急，事實上着急不得，他不是會吶喊的作家，他的溫和是骨子裏的。再尖銳的題材在他手裏仍要化戾氣爲祥和的，有很多次鄭清文幾乎觸到激烈的邊緣了，却都戛然而止。他寧願用雕刻家手法去雕鏤一顆他理想中的人心，却不願像法官斷案一樣，斷然劈清人世間的是與非。也許人世間的善惡易斷，文學中的是非難分，文學不可能像說給小孩子聽的故事一樣，「好人」、「壞人」分得明確，它是人生現象的整體呈現。有一棵樹，樹幹空了，枝上還長着葉子；又有一棵樹，枝葉全沒了，樹幹還在發芽；還有一棵樹，樹幹倒了，根還頑强地附在土裏生長……，不完美本來就是生命的本象，鄭清文筆下的人物雖然都有欠缺，但他都不忍撻伐，其實又何該撻伐？就是『又是中秋』裏阿生的母親，只因她迷信「斷掌」之說造成了一幕慘劇，但悲劇的製造人也是悲劇的受害者，我們又何忍苛責？其實怨天尤人很可能把作家導引在捕風捉影追逐人生的表象，唯有向內發展勇於墾發心靈世界的作家才能誠懇探索生命的眞象，進而能對生命產生虔誠的信念。假如文字能有結實的力量，能像暮鼓、像晨鐘，幽幽一盪就感應無窮，又豈必生花妙筆？

綜括鄭清文作品中所表現的，我們約略可以得到這樣一個體系。少年時代以前的鄉居完美印象，是他思想的基本立足點，舊社會優雅、勤奮、樸實的一面對他的影響極大，除了積極闡揚這些舊社會的好德性之外，對於工商社會帶來的道德遞變、價值顚倒的現象，這一棵椰子樹又像站在十字路口，苦口婆心的傳教士一樣勸人記取舊社會的美德，甚至有意無意之間對現代社會「驚人進步」的一面抱持略帶倦怠的懷疑。舊社會從容不迫的一面往往成了他心靈的避難所。

所以我們認爲鄭清文是一位具有堅强生命信念的作家，完全是由於他對闡揚人性中的普遍性的執着。人與人之間誠摯相與的情愛就是他作品中魂牽夢繞的主題，『路』裏的愛情、『一對班鳩』的親情、『吊橋』的友情，這原是人性中極平常、極自然的德性，固然亦是文學中常用的題材。但作家習慣擷取人生中具有「戲劇性」的一面，不是偉大的，就是奇特的；不是可喜的，就是可悲的。平平凡凡的愛情、友情、親情在人生舞台中是常態就沒有人注意，就如必也奇花異卉才有人喜愛，對椰子樹出神的自然只有寂寞如鄭清文了。不過這種寂寞是一種哲人的沉思，從普遍中去通達人性的常理，當平平凡凡的，人們都失去了，再高呼偉大的、崇高的，豈不是很大的諷刺？鄭清文甘於寂寞，不停地耐心的去勾勒這些平淡的人性之常，自是出自他淳樸的天性。但從沉靜中體驗了至理，不要掌聲、不求喝采，不斷地以語重心長的哲人胸懷諄諄呼喚迷途於物慾世界的人心，告訴人在純眞信實之中別有洞天。所以不要可生可死（愛之欲其生，惡之欲其死）的情愛，淌一滴汗（如『一對斑鳩』）、拈一朶花（如『故事』）的愛情，只要是眞的，就是恒常的，這是鄭清文積極肯定的第一面。其實誇大特異的愈多，人與人之間的情愛就愈是不務實、不穩當，但從小說寫作的立場來說，不管是取材描述，從特意處着筆便已先搶了三分贏面，若非抱持苦行僧的志節，平淡的人性之常寫來是旣吃力又不討好的。然而從恒久看，纏綿悱惻又不如平淡的人性之常，這就是有中心思想爲先導的作家與無思想根基徒事塗抹的作家之間最大的差異，鄭清文甘於寂寞，仍能保持堅定，乃因爲他有信仰。

從這裏延伸：光復後的臺灣社會在各方面都可以說遭逢了極大的變動，不管是戰前或戰後出生的作家，大部分都把焦點放在看得見的、有形的變動上，擧凡政治、經濟的遷異都是被注目的對象，固然生活形態的變異是潮流所趨，鄭清文却斷然撕裂這襲外衣直透內心。從貧窮（或許在鄭清文心裏只是樸實）到繁華的路上，人們不是用努力、血汗舖橋築路，而是用狡詐、欺騙捨義逐利去塡慾望之河，這些「現代英雄」適足是鄭清文心目中的浪子。椰子樹的內心也許是憤怒得希望雷公去點他們的心，但它堅厚的外皮又把一切包容了，我們只見它不時地抖動着枝葉，希望陣陣的涼風能在燥熱繁華中清醒一些什麼。這是鄭清文肯定的第二面。人的過失是否人性之常？還是悲劇人生中的一部分？恐怕是鄭清文遲疑着不肯撻伐人物的主要原因吧！其實不只是人性中的自私、慵懶、奢靡，就是貪慾、狡詐又豈是純粹個人的行爲？椰子樹冒的風多、雨多，它一定能告訴我們擾擾嚷嚷的人潮中有多少不得已？

事實上人性的出處就是人性的歸處，套一句老子的話該「道可道，非常道」。人性中最不合情理的，亦卽是人世中必然的情理，若果强要問爲什麼？唯一的答案是人生本就是一場不落幕的悲劇。譬如『峽地』裏被丈夫遺棄的「阿福嫂」、『永恆的微笑』裏的「王老爹」、『寄草』中的「寄草」，他們生存下去的理由，與其說是爲自己，不如說是爲別人；與其說是一種權利，不如說是一種不自覺的態式，這樣的人生合理嗎？這却不是簡單的二分法就能論斷的，所以生而爲人，在不合理的世界中去找一個合理的生存藉口就是悲劇人生的眞象。且看『峽地』中阿福嫂的哲學：「他打妳，妳就讓他打，反正打不死。」、「妳不能忍耐，就不必忍耐，知道嗎？」這種「理」是超乎邏輯之上的，也不是宿命，但這是這一個人羣生存的秘密。早年的鄉村生活一定在鄭清文的腦海中種下這種人物的形像，他們固執得近乎頑强，但他們善良眞實、按着一定的軌迹生活在自己的世界裏，知足而不侵犯別人，根本不去探討合理不合理，活得辛苦但自在心安。所以對這個社會急遽異動，快速成長和爾虞我詐造成的緊張感到倦勤時，很自然地鄉村生活就成了鄭清文心靈上的避難所了，他不但以爲鄉村舊社會的純樸眞誠可以療癒現代生活的緊張，甚至可以拯救現代人心靈的脆弱。從『鯉魚』的最後一幕（高永霖放走的，旣是鯉魚，也是漁家女，更是自己久經桎梏的病靈魂。）可以看出鄭清文內心的這種傾向，這是鄭清文肯定的第三面。從這一個面，鄭清文才算將他的觸角探入了廣大的社會羣中，不再只是雕鏤內在的那顆「心」了。

鄭清文不是多產的作家，從民國四十七年在聯副發表「寂寞的心」以來，已堂堂寫了二十年了。二十年在文學上勉强可以算是一個世紀，然而一個世紀下來，除了一部長篇『峽地』之外，出現在各報章雜誌上的短篇小說總共只有七、八十篇。也許由於謹愼，尙有許多寫了未發表的，但無論如何，在量上並不很豐富，可貴的是在內蘊和形式方面却見不斷的自我超越，兵不在多而在精，想必鄭清文是抱如是觀吧！

大致說起來，這二十年的所有成果可以分成三個階段來討論。以時間區分，五十四年以前是摸索的嘗試期；五十五、五十六兩年則是在停頓中醞釀改變文風的轉變期；五十七年以後則是轉變成功的創新期。若以作品畫分，也可以約略的說集結在『簸箕谷』（凡八篇）和『故事』（凡十四篇，有兩篇已見於簸箕谷中）的作品是嘗試期的總結；收集在『校園裏的椰子樹』（凡九篇）的則是轉變期中過渡的試驗性產品；而『現代英雄』（凡九篇，其中『芍藥的花瓣』發表於五十二年）則是創新期的代表作。

在嘗試期中，鄭清文並未能主動地按着一定的系列選擇題材，只是隨手撫拾環繞他身邊的可用素材。如此一來，題材的龐雜難免缺乏主動批判人生的意圖，只能被動的呈現自己的心靈世界。所以，雖則每一篇作品都可以說是出自他細微心靈的一個悸動，每一篇都有一個可以自適其是的主題，像一盤大大小小、晶瑩剔透的珠子却欠缺可以串連的絲繩。投石問路的作品我們不談，也許能搔着一二大千世界的癢處，例如指陳迷信、指陳舊社會的愚昧……，但都沒有可觀的成就，這一段時期他最大的成果就是展示了他幼年時代心靈生活幾近完美的鄉野世界，這不但確定了他日後念玆在玆的道德信念，也樹立了他特異的文風。像『一對斑鳩』中寫人與人之間眞摯相與的情感，『路』表達夫妻之間無聲勝有聲的老式愛情……，完全是尙未爲現代文明汚染的混沌世界，在情感上多少有烏托邦的嫌疑。雖然這個世界也有虛假、也有缺憾，舊有的道德力量已經有式微的迹象，但可以看出還是一個相當平和的世界，道德力量仍是維繫人心的主力。鄭清文不是一個愛炫奇的人，擂鼓吶喊不是他的天性，默默的操起解剖刀選擇最僻冷的人性着手進行剖析才是他的本性，因爲眞正讓他動心的不是映在眼中的現象，而是來自他心中的悸動。鄭清文出過好幾本集子，却只在『現代英雄』的前面寫過一篇自序，在這篇自序裏他曾說，寫作像小孩在稻埕上畫圈圈，誰畫的圈圈就屬於誰所有。他不是一個貪心的人，一開始他就把圓圈畫得很小，小得只容自己的心靈世界。所以這一段時期的鄭清文不是用筆來寫小說，而是用他的感覺來寫小說。圓圈畫得小，利弊相參，好處是奠定了對人性觀測的深刻，缺點是畫地自限，他簡直像是一個自苦的藝術雕刻家，懷着一個極高的想望閉着門，企圖鏤出一顆放諸四海皆準的常心，可是却完全忘了和他存身的世界相關照，所以他沒有流爲勾勒早期生根在他腦海中的鄉野人物形像的畫匠，而成爲鄉土靈魂的解剖師自是萬幸，但如果往後不能跳出這褊狹尖銳的窠臼，却可能陷入苦悶的困境。

以『簸箕谷』、『故事』兩本集子中的壓卷之作『一對斑鳩』爲例，可以說明這一段期間他自我期許的總合，亦可以看出他傑出的敏銳心思。透過一個光禿禿的平凡事件，把兩個不同生活領域的心靈串連起來了。不管人類的生活環境如何變異，在平凡的層面上人與人之間仍有雋永的情誼在（只要我們不故意曲解），透過一對斑鳩短短的時間就使人由陌生隔閡進而親近信賴，甚至靈犀相通，只因在心的內底有共通的想望。「我」心中的山野和阿芳心中的海是同一的自然，「我」無意中讓手中的一隻斑鳩飛走了，阿芳也馬上放走了另一隻，不言之中自有一種和合。人與人之間本應該如此推誠相與，知識環境亦不能隔離這些，譬如飽受科學洗禮的「我」和「想到城裏心裏就害怕起來」的「舅母」之間依然能在指月亮割耳朶這樣的事件上獲得調和。有意無意之間也許還在闡明人與人最容易撤除自我藩籬，表露眞性情的地方還是鄉野之中。當然最後一幕一對斑鳩「飛向同一方向」更是企圖說明人生的完美還在於對生命的共同賦予的尊重。人生的路也許是一段漫長的守候，像阿芳守候相思樹椏的斑鳩一樣，得到了並不一定完美，也許抓住了再順手一揚反而是一種喜悅。『一對斑鳩』不但充份顯露出作者從平淡中取材、從平淡中創造神奇的文字技巧，更表示了作者這段期間人生的一種想望。

『一對斑鳩』之外，『永恆的微笑』、『姨太太生活的一天』、『水上組曲』都是相當紮實的作品。譬如『永恆的微笑』的王老爹相繼被自己的父親、妻子，甚至自己的兒子指着鼻子宣佈爲「沒有用的東西」，懵懂的一生幾乎什麼都沒有了，而且能失去的都失去了，老子不要他，妻子跟人跑了，兒子也因爲不肯吃一輩子的蘿蔔干走了，但死後一無虧欠的一生卻帶着永恆的微笑以最盛大的行列走出鎮上，走出人生。又如『姨太太生活的一天』，當錦衣玉食的姨太太呢？還是寧可吃蕃薯籤呢？得失之間、取捨之道，都有人生的至理在，也都是探討莊嚴的人生問題，不過寫得都不如『一對斑鳩』含蓄，作者忍不住要跳出來告訴人他寫的是什麼，效果自然也不如『一對斑鳩』了。主要的原因還是這種以自我理想爲中心的寫作方式很難顧及人物各自應有的特性，作』者所要表達的只是一種自我的理念，如果說自我呈現固然已經足够，但要說批評人生則可能不够客觀。總結這一個時期鄭清文確實對自己的內心世界做了一次很坦誠很澈底的剖析、探索，對人生的意義也有深入的參悟，但這只到達圓融自適的境界，若果要應付外在的世界就顯得拘束不自在了。

寫作從自身出發是當然的事，幾乎每一位作家都經過納蕤思式的自戀階段，但如何跳出這一個階段亦是重要的考驗。一個偉大的作家一定不能一直拘囚於自傳式的題材中，鄭清文雖然謙遜，但當仁不讓，遠大的抱負還是有的。所有在轉變期中的作品，大約是他經過一段時間的沉思之後，決定把過去較有把握的心理分析做爲他今後努力的方向，主要的原因當然是心理分析比較容易達成客觀的理想，『校園裏的椰子樹』就是這個階段的一篇力作。收集在『校園裏的椰子樹』集中的『二十年』、『天鵝』、『蛙』、『會晤』……都是這一個系列的作品。除了傳承了上一個時期追索生命意義的特色之外，這個時期已逐漸捨去心理的白描，已能和「行爲」相照應了，在技巧上已不再那麼拘泥。如果說『校園裏的椰子樹』銜接了上一階段的心靈獨白的優點，那麼『天鵝』可以說開啓了下一階段的觀測外在行爲的先驅。雖然同樣都是注重人物內心的形態，但前期他只是按照自己的理想把雕好的「人心」一顆顆安裝在書中人物裏；後期却能注意到原來每一顆心都有每一顆心不同的成長歷程。過去他只知道追尋一顆完美的心，現在他知道了每一顆心成長的過程都是驚心動魄的。『校園裏的椰子樹』就是他試圖從自己之外去尋求的第一個可貴的生命現象。從「追求完美」到留心「到完美的路上」，鄭清文可以說開了一面窗子。不過他還是把人關在房子裏，沒有讓這些人物走出門來。說到門，『門』這篇得臺灣文學獎的作品可以說是這一段時期唯一把一隻脚伸到門外的作品，但他自認爲太激烈了，又縮了回去。

總括這一段時期是他心理分析發展的高峯，但也在這裏停滯了。不過這一段時間的成果，不論在當代文壇，抑或他個人的寫作里程上都是可稱述可追憶的。心理分析是寫作技巧的一格，幾乎每一位作家都可能或多或少嘗試過，但像鄭清文一樣畫了圓圈專心一注的並不多見。年青一代的作家中雖有專力於心理分析的，但都私淑了佛洛依德，以一套公式刻意扭曲人世間的現象，終是水土不服，與鄭清文硬碰硬不宥於任何學說的理論，完全憑自己的感覺以爲功的，自是不能同日而語了。

經過了轉變期之後，鄭清文是眞的走出大門來了，捨去心的雕鏤，開始注意人怎麼行止怎麼呼吸了。在創新期的鄭清文看人是看整體的面貌，不再只看一顆心了，也能主動的選擇寫作的題材，例如在『現代英雄』爲標示寫下的一羣現代英雄的行爲，他們跳躍在現代人生的舞台上，有坐吃數棟樓房面不改色的英雄陳咸興（五彩神仙）、有要女兒當歌星搖錢的英雄父親水旺（父與女）、有掛着知識招牌招搖撞騙的學府英雄尙儒（鐘）、有不顧妻小與酒女效魚雁雙飛的殉情英雄輝昌（苦瓜）……他們在新的工商社會的各個角落裏分別扮演一種英勇昂揚的角色。鄭清文轉到這個方向來畫另一個圈圈，取材上海濶天空，圈圈也可以畫得更大一點了。從他毅然拋下雕刻刀執起彩筆畫現代英雄的臉譜，我們知道苦行僧終於動了念要入世現身說法了。這是可喜的現象。孔子說的「唯仁者，能好人，能惡人」，作家經過長期的淡泊自省式的琢磨，是應該讓自己精心陶鑄的價值觀念揆諸實際的人羣生活的。不但可以讓自己作品的幅度邁入較寬濶的境界，更重要的還是讓作品沾一點人間煙火，使具有時代感。尤其是鄭清文，以其早期對人性悲苦一面的認眞體驗早已確立了寫作的職責，再配上他特有的冷靜含蓄氣質，卽使走入花花世界，面對價值顚倒的人羣，他也不至於用上抨擊怒罵的激烈手段，他仍是幽幽的鐘聲，苦心的等待遢醒什麼。

鄭清文筆下的現代英雄，有的英勇地吞食了祖先留下的產業，有的吞食了父母的愛心，吞食妻女的身心……，都不外是人心的惡獸在吞食人世間的善良。或許這是現代人生的凡例，爲一面小小的執着亢奮不已，甚至成爲他拒絕履行做人責任的藉口。我們不知道鄭清文手中敲響的小小木鐸能警醒多少被謔稱的英雄？或許誰是眞正的英雄也是疑問。視死如歸抱着酒女殉情的輝昌是英雄？還是苦瓜拌飯依然撫孤恤幼的秀卿是英雄（苦瓜）？揮霍祖產一擲千金的是英雄？還是克勤克儉堅守人生本份的是英雄（五彩神仙）？吃軟飯說大話的是英雄？還是當妓女養家的是英雄（寄草）？人生的舞台上也許早就有白臉的英雄和紅臉英雄同場的戲，但今天白臉英雄的氣焰更長罷了。鄭清文替白臉英雄照像是他邁出大門的一件大事，除了保持他貫有的淳樸穩健的氣候之外，他對人事觀測的敏銳絕不下於人心的觀測。推出現代英雄系列也許有意投石問路，其實不必如此，以椰子樹的風標立在哪裏都是擎天一柱的。以早期自省中建立的嚴密的道德體系爲中心畫任何一個圈都會是圓，『現代英雄』集中的作品幾乎篇篇功力相埒，正說明了有源之水自能長流。

據洪醒夫的「鄭清文訪問記」透露，鄭清文除了『現代英雄』系列之外，還在進行寫『舊鎭的故事』，也許去年參加聯合報小說獎的作品『故里人歸』就是成品之一。如果屬實，鄭清文下一個圈圈又畫回去了。從『故里人歸』看起來，除了早期勾勒舊時情懷的優點之外就剩下一個老故事了。鑒於現代英雄的風彩，爲何不把下一個圓圈畫在臺北大稻埕呢？

鄭清文的確不是一個貪心的人，總共畫完了三個圓圈。前兩個圓圈都畫得很小，後一個圓圈畫得大些，每畫完一個圓圈他都細心的佔領了、仔細的耕耘了、充分的利用了這塊土地。但可惜的是每一個圓圈都是一個獨立自足的王國，並未緊密地串鎖在一起，其實現代英雄的心，用解剖刀畫下去依然能滲出血來的，且不管是什麼顏色。其實鄭清文有能力畫一個更大的圓圈，把已佔有的三個圈圈包融在裏面之外，這個圓圈大可畫出院子的圍牆——雖然他不是會拆掉院子圍牆的人。文學畢竟不是哲學，深山沒有，面壁、打坐沒有。

悲苦大地泉甘土香

——李喬的蕃仔林故事

1

憑着對形式特有的敏感和積極熱切地尋求新題材，李喬不斷地從變質中轉求作品的新生，已爲他的作品創立一個繽紛多姿的世界。今天我們再回望他所謂充滿夢魘淚痕的「童年生活的眞跡寫照」——蕃仔林故事集，自然是不足以睨及策馬馳騁文學原野之後的李喬，也不可能藉之說明李喬數經蛻變後的圓熟精神風貌。但作家之於作品，尤如母親之於子女，總是血脈相通。在多樣、繁複的李喬作品群中，『山女』（即蕃仔林故事集）可說是李喬早期作品出發的集結站，就是今天再檢閱李喬已完成的八部巨著，『山女』仍是第一個重鎭。『山女』雖是以連綴方式完成的短篇小說集，但從人物、風土、時空、環境緊密的串連，說明它確是一完整的系列，透過這個系列，我們可以看到早期反映在李喬荒原心靈上最初始的人生觀世界觀。

雖然不能免俗地李喬的寫作也從自身身世出發，坦露自己淌血心靈的傷口，但透過自身這不幸的人生樣張，李喬曬下了悲苦大地的縮影，也因之「蕃仔林」這苦難大地小小的取樣，成了李喬追憶自己童年悲苦和悲憫生靈劫難的總合。在此之前，李喬已有許多作品企圖勾畫山野世界的形貌和內蘊，可惜只止於一般的浮相，並不是完整而統一的世界，尤其因為階次的零碎也未能顯現孕育這塊愁苦大地的神貌。要之『山女』的出現算是這段支離信念的整合，從『山女』我們看到李喬的鄉土信念落了根歸了隊。

從表面看來，『山女』又像是李喬對孕育他的鄉土世界的總和。自『山女』之後，李喬很明顯的已甩脫「童年世界」對他的魂牽夢繞，此時的李喬對所謂人生的苦痛不再是荒原世界的饑餓迫辱，轉而落入精神煉獄的掙扎；物質生活的困境為精神生活的困窘取代，自我的割離、現代生活中的壓迫感、荒謬感迫使李喬極力從各種方式尋求靈與肉的解脫；諸多現象予人感覺李喬已脫離了他覓取創作資源的原鄉世界。這說法意謂著兩層意思：一種是李喬對鄉土意念的闡發已達極至，是乃明顯地予以揚棄；一種是李喬把從探求鄉土所得的人生信念轉嫁於他特別敏感的形式，而以另外的形態來表達。關於這重謎題，我們若從李喬擁抱這塊大地的情懷觀察，我們不難發現：大地之母對於李喬並不只是鄉土熱流中所謂的戀愛情深或精神的休憩處所，而是透過受大地所孕育的蒼生故事直追人存在的莊嚴本題，揚棄自無可能，因之從「蕃仔林」中所得的悲苦大地影像移植到現世人生中，人生悲苦的結論仍一，不管人如何支離扭曲、變形，悲苦的事實仍一。

李喬只是在這上面偷龍轉鳳罷了，李喬便以此原鄉世界做為他一路創作的底盤。

是亦可以證明所謂鄉土，意念的闡發遠重於色彩的塗抹。在「鄉土文學」紛爭不已之際，不管是善意曲解的一方也好，亦或是惡意攻詰的一方，都把鄉土二字捉搦在「現階段」的窄縫裏擠壓；都在醉心妄想從一種文學主義榨取血漿，以補今天文壇的貧血蒼白。因之攻守的雙方雖有攻城野戰的龐然聲勢，亦無法奪得鄉土文學的寸壤分土。事實上，鄉土文學並不褊狹，是乃庸人自取其地域褊狹意；而且鄉土文學也不是一種主義，是庸人自限其義；這實是極令人痛心的事。在整個現代文學發展的歷程看來，「鄉土」二字只是一盞告示燈，顯示我們今天的文學普遍的有著這一方面的欠缺，因此當論爭的雙方拚得飛砂走石之際，受爭議的本身反成了平靜的風眼；正如幾十年來許多執持鄉土信念的作家並不熱中任何名義一樣。一個具備自主信念的作家，能出入主義而不受羈絆於主義，能出入理論而不拘泥於理論，所謂執持鄉土信念的作家又何其不然呢？李喬更是鮮活的例子，在蕃仔林小小世界中找到人生的李喬，也能在佈滿沙特、卡夫卡、卡謬、佛洛伊德的『恍惚的世界』中出入自如找尋恍惚的人，這證明了鄉土燒鑄的作家，只是對存在的時空有着更深的關切而已，並無畫地自限的意味，從李喬早期的高瞻遠矚即肯定的鄉土世界觀中，就足以證明鄉土文學並不在閉塞自藏。

2

近年來新興一代的鄉土文學作家被導引在辯駁的路上發展，足以證明鄉土文學本身也普遍欠缺冷靜的沉思。由於過往殖民地時代殘害迫辱留下的永恒創傷，養成怕被猜忌謗瀆的心理，對於來自傲慢一方的奴化刺傷，有着特別敏銳激烈的反映，因之有意無意總要展佈遍嘗血淚辛酸而始終堅忍不屈的一面，總要辯解被誤會的寃屈……，因之「抗意精神」成了臺灣「鄉土文學」的招牌主題和最突出的一項特色。但從「抗意精神」的出發到結果終不能超過「一般見識」的意氣行事，必定會把鄉土文學導引向單行狹道上去了。如果無力從「抗意」和「伸辯」的「關房」中擠破一道缺口，鄉土文學終必為仇恨和激情汩沒，而無法達到眞正偉大文學的指標了。激情和仇恨使作品太近、太切，沒有了可供觀測的距離，對鄉土的認知不能擺脫對鄉土情愛的糾纏時，就要說不清誰誤解誰了。

從另一個方面看，這一塊土地命途多蹇留下了深遠的烙痕，受的苦難迫辱可謂一重又一重，不屈的抗衡更是一波又一波，以之為闡發這塊土地的形貌，可以說捕捉了一極為豐碩偉大的題材。但為「生存而反抗」固是人羣中可資頌揚的美德，然若謂生命的意義僅止於「反抗」一途自不盡然，離開迫害我們就不存在了嗎？離開現實的衝突我們卽無法覺察生存的意義了嗎？值得我們三思。顯而易見的，「反抗」不是人生的全部，這也就證明了用「抗意精神」或「現實主義」統攝鄉土文學的危險。

況且，所謂鄉土精神的闡發也絕不是要把所有的苦難災禍重新檢拾而委之異族統治者的身上，做為替自己解說的憑依，過去的確有這樣的錯誤。事實上哪些苦難是外來的？哪些苦難是生命本身附加的？我們能冷靜地剖清嗎？雖然我們沒有忘却仇恨的權利，但仇恨並不能帶給我們任何的便益也是事實。那麼鄉土文學眞正的方向又該如何呢？我們且看李喬的鄉土觀。在排除重重阻障，省去許多枝枝節節的手續之後，李喬直追人和土地之間相與的眞正關係，而明確的指出土地是苦難的根源，指出土地是生命的象徵，說明人與苦難的不可分離性。這種直接的指認，比鍾理和經過人生許多層次的煉獄才得到的憬悟的確便捷許多。換句話說，在李喬看來，土地上人羣的諸多現象——異族的迫害、饑餓、貧窮、恐懼……只是人生苦難的外貌，而所謂苦難的本質還在生命的本身——生受卽苦。那麼，若只抓到苦難的外貌，妄圖規避或轉嫁他人，事實上並不能推開眞正的苦難，只徒然增添人與人間的鄙吝、仇恨、怨怒……；反之，若能眞正的面對人生的苦難，人與人間反能因氣息相關而產生相濡以沫的偉大悲憫。由之逆溯，受苦多難的大衆今天最重要的自然不是在爭取抗爭和憤怒的權利，而是展現先民在過往的歷史中面對苦難的優容，那才是鄉土內底眞正雋永的堅毅力量。

如此說來，能够叫得出來的苦難就不是眞正的苦難，會叫苦的人並沒有嚐到眞正的苦。從抗意的彼端我們固然能看到許多形象的苦難，但並不是苦難的極至。所謂是禍躲不過，躲過的不是禍。顯然我們目前最需要的是一副朗然清廓的胸襟來包容所有形式的苦難，之後，我們才能理智地眺望；熱情擁抱的時代已經過去，那樣很容易使我們停留在憤怒的激情和抗爭的閉塞中，唯有明智剖析，我們才能眞正觸及鄉土的內蘊。李喬爲我們提供了這樣一個突破性的命題，的確有幾分令人惶惑，捨開「抗意精神」的憑依雖說海闊天空却也有幾分茫然，但從臺灣鄉土文學的久遠計，這又是必然的一道歷程。李喬予鄉土文學馱負這樣的重任，在滾滾人生洪荒中不知會不會是滾石上山的薛西弗斯再演，可相信的是李喬已握持了偉大文學的鎖鑰，若有不能也是文學的卑微而不是作家的卑微了。

3

鍾肇政在『戀歌』一書的序言中曾說：「非哭過長夜的人，不足以語人生；在那接受、凝視與發掘苦難的過程中，李喬不僅領略了人生的況味，而且對人性的醜惡鄙劣也有了更深一層的體會。」葉石濤亦說，李喬的「阿妹伯」、「隱藏着足以使人哀傷不已的他底身世的秘密。」可見李喬潛心於人類的苦難是由來有自的。從確立人生悲苦的基調，經過積極熱切地探索，李喬終於肯定人生除了愚昧自取和同類相煎造成許多令人憤怨的苦難之外，「人」最沈重的馱負還是源自生命本質的苦難。我們無法預測下一階段的李喬還要從什麼角度來解脫生命的苦結，但我們可肯定的是李喬在『山女』裏已確定了這一基調，所以探討『山女』應是我們進入李喬心靈世界的第一步。

『山女』的背景是臺灣黎明前最黑暗的一刻，一個僻陋山鄉——蕃仔林的故事。此時的「蕃仔林裏，好像人越來越少啦！爲什麼年紀不太老的，年輕的，都一個個走呢？走了就沒回來，不，回來的都是裝在白木箱裏……。」年輕壯盛的一代幾乎全被征去當「兵仔」、「軍伕」了，全蕃仔林剩下的不是老弱矜寡便是天殘；伶丁孤苦的老鹹菜婆（山女），被日本監獄折磨得不成人形的阿妹伯（阿妹伯），通管蕃仔林陰陽兩界的阿火仙（呵呵！好嘛！），腰帶永遠繫不緊，一隻手整天提着褲頭的阿安仔，丈夫死在南洋而神經錯亂的福興嫂（蕃仔林的故事），丈夫死生不明的白痴女人阿春，十幾歲還光着屁股跑的春枝，以及她的白痴弟弟阿煥（山女）。小小世界擠着這些不幸已够令人心惻，再加之日本人在戰爭末期的大肆搜刮，蕃仔林的物質資源已到了山窮水盡的地步了。普遍的是「每戶人家都一樣，一天吃兩餐」，所謂兩餐，也不過是幾碗蕃薯湯罷了。這還算是幸運的，「鴒婆嘴」下的林阿槐一家，在林阿槐被征去南洋後，留下一個痴傻的女人——阿春，帶着「一個十幾歲的女孩，一個七八歲的男孩」，也都是痴傻的，只好嚼山上檢來的生蕃薯，舐「鹽霜梗」（鹽膚木）過日子了。沒有「自來火」、沒有鹽巴，這是怎樣的世界啊！在燃燒的日頭下，大地閃着辣辣的亮白，全蕃仔林的人還在睡夢中還沒醒來，因爲要「以睡眠來節省體力」的時候，一個「雙手乾巴巴，上面包一層黃皮，凸起的青筋滑來滑去。」，臉上「除黑黑兩道鼻孔外，眼睛和嘴全塌進又密又深的皺溝裏」的鹹菜婆「瘦瘦扁扁地」，正以她那雙小孩子玩的小弓箭般向裏彎的小脚艱苦地邁向山間蒼茫的小徑上，爬一段陡坡，就要坐下來喝幾口泉水；數不清歇了幾回，灌了多少泉水；從日頭升起，走到日頭偏西，下了好幾次決心趕這趟路，爲的只是一絲希望——向阿春討回半年前林阿槐借去的兩碗米。貧苦大地已到了苟延殘喘的地步，我不知道造人的上帝若偶一幸駕蕃仔林上空，看了這幅人世劫難圖，是否也會因自己造人又使人受苦的矛盾懊悔？抑或爲此人間慘狀泫然垂淚？

誠如李喬自己在序言中所謂的「小小的取樣」，蕃仔林這小小世界確是造物者創造悲苦人生的樣張，蕃仔林這一方小民也就是上帝的一批選民，上帝把他們圈在這小小的世界中用苦難試煉他們，他們已疲於划動雙手去做無謂的掙扎，以免惹得旁觀的上帝啞然失笑！他們既無助又無奈，也許他們心底還埋着希望的火種，但他們的人生一點衝撞都沒有，因爲他們每撞開一扇門迎接他們的是更深的漆黑。像要出征的「阿福」、「阿青」揭開鴿婆嘴的秘密，知道「逃」亦無用反更戚傷（哭聲）。「阿漢哥」、「阿妹伯」要揭開壓迫者的秘密，迎接他的是比蕃仔林更窄的監牢（阿妹伯）。慢慢地他們已怕去撞開任何一扇門了，以免像鹹菜婆撞開阿春茅房虛掩的門一樣，傻阿春一句話：「我，我沒有死……」不但把鹹菜婆震得張口結舌，也把她此行近乎偉大的熱望推進了不見天光的深淵了。傻阿春像似白痴，又能說智語，鹹菜婆罵她：「死阿春！死了沒有？」阿春領着一家大小吃生地瓜，舐鹽霜梗就維繫了生命，她就活下來了，「我沒有死」是事實，也成了天經地義，除此之外，她就別無所知了。其實知道了又怎樣呢？像鹹菜婆比阿春也許知道多一點，但也就是因爲這一點，結果走得頭昏眼花，步履踉蹌，還是跌進無邊的苦痛深淵裏。在基本上李喬企圖從顚倒的價值觀說明所謂人生的苦難不是智慧所能推移的。附加在生命本質中的悲劇豈容人不演？諸如「阿春」等，只是一個盡職的人生演員罷了，也唯有像阿春這樣的人物，先天的不幸（痴呆），後天的不幸（戰爭帶來的離難貧苦）都囊括了，還能若無其事的活下去，扮演雙重不幸的苦情角色，才能證明人在如斯惡毒的生活條件下還能活過來，也說明了生命的極限就是悲劇的無限延伸，生命是深深擁抱在苦難之中的。

李喬筆下的蕃仔林世界，貧乏有如初民的原始洪荒世界，可惜它不是眞正的洪荒世界，它是多罪惡苦難的現世洪荒，也是李喬以童年生活的記憶，和日據統治末季的瘋狂殘虐交織成的人生世界的荒原期。

4

仔細剖析李喬人生荒原的苦難，又可分爲兩個層次：一是人爲的災難，一是天地之不仁。人爲的災難首卽異族統治。自始至終，「日本統治者」並不曾現身，但魔爪却佈滿蕃仔林人生活的每一個角落，像一層不散的陰影罩住這羣悲苦人物的心頭，大人不說，連三歲小孩一聽日本警察來了，哭聲馬上停止。除了明顯地由戰禍造成的苦難——貧窮、饑餓、死亡、別離……之外，由於綿延不已的迫害產生的卑微心理，連仗恃「狗」勢的「甲長大人」，握住生活資源的頭家（地主）——「湯德」、「陳和」也在火上加油扮演迫害的角色。當我們看到湯德裝鬼臉嚇壞「阿娟」的一幕；「頭家來了，媽抓不着公鷄，爸一聲不響，把正在孵蛋的母鷄拖下來宰掉」的一幕（「竹蛤蛙」）,實在令人驚心動魄，我們感覺得到一樁悲壯的故事正在進行着。

敢和日本人作對的阿漢哥也算是鐵錚錚的漢子了，只爲了迫於生活，不得不對頭家低頭屈從，毫無怨尤地「順受」，卽使有人故意曲解，也不可以侮辱他們是只知忍受退避的天生「順民」，「阿漢哥」、「阿妹伯」代表的强硬反擊（「阿妹伯」），「阿福哥」、「靑靑仔」代表的傲岸，都證明蕃仔林人的柔順，是因爲他們心中埋着「希望的火種」。正如鷂婆嘴上的「哭聲」在他們心中隱藏的魔幻意識一樣，是遙遠不願企及而非不能企及的一種想望——那也許是魍魎世界，也許是極樂斯土，也許是人間仙境，就讓它保留在想望的階段吧！我不知道李喬讓「阿福哥」在鷂婆嘴上找到「金線蘭」是不是隱喩一種既豐盈又蒼白的未來想望，但當他們走下鷂婆嘴時坦然赴死的開闊胸懷，無疑還是遙遠似可能又似不可能的信心支持着他。當「逃」成爲不可能時，他們都有了揮霍自己的瀟灑了。在往鷂婆嘴的路上，阿靑就曾動過乾脆如果有機會和日本人幹一番算了，有地方可躱逃走算了的念頭，但那是行不通的，「不但你個人，你的親友，全蕃仔林的人，都會沒皮的！」、就是「你躱得掉，你爸媽不被關起來？他們會把整個蕃仔林翻過來！」、「阿靑」似眞心似隨便的一句話就引來年長的「阿福哥」一頓悚人聽聞的正經敎訓。層層牽絆，繩子的一端繫在脖子上，另一端則握在命運之神的手上，不管是有知的「阿漢哥」、「阿妹伯」，亦或無知的「鹹菜婆」、「阿春」都在這個行列中。在這群受苦的人心中，這種種切切的苦難旣是異族統治者的迫害，也是生命的枷鎖，他們相信自己是天帝的使徒，必得馱負人生之重荷，因之也就沒有怨怒了，畢竟再大的堅忍亦無法和生命的鎖鍊挑戰。

從這裏我們發現李喬對苦難的認識有一極爲特殊的地方，似乎他只全心全意發掘人世的苦難，但並不十分在意苦難的發動體。既然人生的主要課題是生命的本身，是苦難的本體；換句話說，這些苦難不出現於此，則必出現於彼；不由甲造成，則必由乙帶來。與苦難相較，這自然是次要又次要的問題了。李喬沒有從「抗意」一途去闡發苦難想必這就是主要的原因吧！在探討苦難的歷程中，「抗意」是手段而不是目的，「抗意」可使苦難大衆免於無知無覺，但强調「抗意」將使人與人之間，甚至苦難的人群間欠缺相與的意識，而只勾出仇恨的外貌來。仇恨並無益於苦難，但苦難却可以使人與人間的距離拉近，使有休戚與共的情懷，這才是人生世界眞正的希望。

所以，當更大更重的苦難罩覆下來時，也就是人與人發揮更强的聚合力量的時候。苦難的人面臨人世的苦難時，總或有規避的心理，以爲上天是公正的、慈悲的，總以爲上天能幫助他把苦難還原。但李喬的蕃仔林，有「阿春」、「春枝」、「阿煥」母子，有一天到晚提着褲頭，永遠只能睜半隻眼的「安仔」，白蠟柚子臉、沒鼻樑、只在兎形嘴唇上面擺個紅瘤瘤，穿兩個洞算是鼻子的「醃旺仔」……，人生還有一重更沉更重的苦難，那就是天地不仁，以萬物爲芻狗了。上天是可靠的嗎？上天只是予人更多的悲苦，它和悲劇的代言人——異族統治者一樣，雖是無形的，但却能感覺到其正張牙舞爪地罩覆在人生的每一個角落。過去鍾理和、鍾肇政寫及日據時代的臺灣民衆時，都曾經以「非宿命論」來解說大衆柔順的一面，只是不若李喬反覆示現這一點罷了。人在面臨人世苦難時，或存的一點僥倖規避心理，再面對「天地不仁」的冷酷面目後，應該斷絕任何假託的藉口了，應該回過來反求諸己，自求多福。在悲苦大地下的大衆命運相同，實應同舟共濟才是，但偏有人失去這樣的自覺而相煎同類，妄想把應得的一份苦難藉迫害的手段施諸別人，此輩固然可惡，然而仇恨、報復（抗意）並不是打開癥結之道，唯有偉大的悲憫寬容才能使他們心連心，血連血，這就是李喬殫思竭慮所要表達的。所以悲苦人生觀並不是把自己浸溺在苦難中以爲樂，是要從人在悲苦的極限中探求人將以其自身的何種光芒照亮自己，因而找到了以悲憫淑世的人生觀，李喬用心可謂良苦。

5

悲苦大地雖是遍野哀鴻，但在極端貧困的人身上，我們却看到到處都是設法擠出一點可憐的福澤來佈施他人的偉大鏡頭，是苦難使他們自覺休戚與共，是苦難使他們相濡以沫。是擠榨出來的佈施，而不是「老吾老以及人之老，幼吾幼以及人之幼」行有餘力的施捨，使人緊密無遮的相合在一起。當滿懷要回兩碗米希望的「鹹菜婆」發現原來「阿春」一家甭說米，連「自來火」和鹽巴都沒有的時候，不但不知不覺放棄討回兩碗米的希望，滿腔無名火反轉念替林阿槐安頓一家痴傻的大小了。當「鹹菜婆」問起：「阿槐去南洋好久了，想不想他？」、「在深山頂顛上，怕不怕？」、「要替阿槐把孩子看好！」她可曾想到自己本是人間悲憫的對象，然而人間竟然還有要她這孤老太婆分出悲憫來同情的對象。讀到這裏，不禁令人懷着人世整體的哀愁想大叫天地何忍？

「鹹菜婆低着頭走出竹片門，心裏有被人大大侮辱一番，或掉進屎坑，掙扎着爬出來的感覺。

『這，這個拿兩條去……』阿春跟了出來，拿着蕃薯。鹹菜婆煞住脚步，回頭一眼，張開口，又閉上，只搖搖頭。她再走十幾步，忽然想送點鹽巴給阿春，可是損失兩碗米的惱恨又浮上心頭。」（山女）

人間萬種風情也比不上蕃仔林這一幕動人，枯乾的心却佈施自己身上最後一滴血，佛陀捨身餵虎也不過如此吧！但這在蕃仔林並不是孤立的獨幕劇，它有我們悸動不已的同類故事。「呵呵！好嘛！」裏的「阿火仙」、「蕃仔林的故事」裏的「福興嫂」、「鱸鰻」裏的「石岡婆」都分別有着這樣的秉持。

「阿火仙」算是在亂世中懷「才」不遇、因而轉爲嘻笑怒罵的滑稽人物。讀過的線裝書只能不忘情地懸掛在臥床的上方，教過書留下的只是踢學生而壞僵的腿，亂世中口腹已顧不了，還有誰作興文教的風雅？「阿火仙」在蕃仔林只好擔起醫病、送死，不醫不僧連接陰陽兩界的橋樑了。然而這只是他自封的，在現實生活中他仍是「抬死屍、打坑子的」可憐角色。我們且看他在墳場裏和他的妻「昂妹」認眞爭執祭寃死者春枝的三牲的一幕：

「哦！對！你說那兩隻鷄腿，還有屁股，歸我？」昂妹忽然想起三牲。

「這……」他精神一振，却被說得張口結舌好久：「我看，從長計議……」

「怎麼，你耍賴？」

「不不。我是說，本來以為只有一個鷄，現在還多一個鴨……」

我們又幾曾想到這樣爲一飮一喙斤斤計較的可憐人物也有他可貴的、形而上的一面呢？在現世生活中，他比鹹菜婆好不了多少，仍是孤單虛弱的。在「人」仗「狗」勢的甲長大人淫威下，他不能救活服毒的春枝，也不能爲寃死的春枝伸寃，空有一番力挽狂瀾拯救蕃仔林一方小民的心，然而滔滔苦海一葉小舟，也只落得滿心悲苦而已。但阿火仙並沒有放棄他悲憫的努力，在他份內的「法事」上，他要爲春枝做得週知，他要按部就班，把「點主」、「上表」、「過奈何橋」、「上望鄉台」、「叩枉死城」一節一節做下去。這是貧乏得無以自保的孤弱靈魂擠出來的偉大佈施。從不讓人看見眼淚，一天到晚「呵呵！好嘛！」近乎玩世的「阿火仙」，老眼裏竟然流了淚，實在也是物傷其類啊！

『蕃仔林的故事』也有一段令人心悸的悲憫。因丈夫戰死南洋而成了瘋婦的「騷嫫」（福興嫂）好不容易和大傻瓜「安仔」合力挖了一塊死猪肉，正在翻土把剩下的死猪再埋起來時，恰巧被鹹菜婆死後卽無人照料的禿尾狗「吉比」趕來，把猪腿拖走，於是「安仔」一手提着褲頭，一手和「吉比」展開了可笑却殘忍的人狗爭奪戰。平日膽小的吉比竟爲食奮不顧身，「安仔」急得臉色蒼白。是天地不仁的醜劇？還是鬧劇？突然「騷嫫」臉色沉了，語氣變了，命令「安仔」說：「喂！好啦！」、「給牠吧！吉比也好可憐……唉……」，還有什麼比「騷嫫」嘴裏的可憐更可憐的呢？捨離苦難，還有什麼能把人與人，甚至生命和生命契合得這麼密呢？貧苦的人特別慷慨，困乏的人特別寬容。

『鱸鰻』裏的石岡婆母子，孤兒寡婦可謂倍嚐人世的炎凉。終於石岡婆的兒子阿連長大了，捉到了「十一斤」的大鱸鰻，石岡婆竟興奮地想把鱸鰻切了「給大家送一塊，嚐嚐！」阿連年輕氣盛，認爲不應該向過往一直欺壓他們的鄰居投降。但半夜裏石岡婆摸黑捧着炸好的鰻塊去分送鄰居時，阿連竟也持火把尾隨而來。這不是投降，而是來自寬容悲憫的喜悅。

李喬强示悲憫與寬容，尤其是悲苦大衆身上擠出來的，才是人生的癒合劑；反之，苦盡心機妄想把苦難轉嫁他人的，終是愚昧地白費心機。如是說來，苦難不但使人更親密地結合在一起，使人從艱苦困乏之中展露人性悲憫寬容的光芒。透過這道光芒，放眼盡是鬼魅魍魎的世界，駐足盡是荊棘苦難橫陳的大地，也不再是愁雲慘霧了。透過蕃仔林人物可以看到生命昂揚大無畏的一面，看到生機昂然的一面。苦難不再是生命的對頭，而是滋生人性光芒的導體，蘊育苦難的大地也像柔弱但可親的母親一樣值得我們擁抱了，不再是咀咒的對象，透過山之神、水之靈，悲苦大地泉甘土香，是苦難大衆精神的原鄉。

6

在李喬筆下的大地常是母親影像的複合。母親則是苦難的化身，擁抱母親就是擁抱苦難，母親的體香可以忘卻苦難，大地的優容可以忘卻我們的悲愁。李喬常把這兩個形像交融，大地無力照顧祂的子民，正如母親只能以顫抖的手撫她孩子的頭，但人需要大地正如需要母親般，是眞正可以得到慰藉的地方。「母親」也可以說是李喬執持鄉土信念的另一股力量。我們從李喬隱約透露的身世中知道，由於父親坐監的時間很長，漫長而艱苦的童年生活，幾乎全是母子相依爲命渡過的。李喬在「阿妹伯」中有一段對「母親」的動人描述：

「我在不會走路以前，媽每天早上，在一個竹籃裏放些破布，然後把我放進去坐好；另一隻籃子放一大把山鋤，媽把我挑到只見一角藍天，四周都是杉樹的山園裏挖地種地瓜，種花生。」

「媽把我擱在杉樹下，她一面挖地，一面哼些小山歌給我聽。但是最後她却把歌聲一變，就成了人死時婦人唱唱哭哭的調兒了。那時她的臉面是汗水，是眼淚？我實在分不清楚。」

葉石濤說：「這是一幅窮苦農民的畫像，實在不遜於拉菲爾繪筆上的那光芒四射的聖母和聖嬰畫像呢！」李喬善於勾勒又老又醜的女人，那是他童年流淚的母親，那是怕得發抖的母親，那是脫去上衣幹活的母親交互組合的再現。李喬心中的母親正和他對鄉土概念中悲苦大衆於大地之母的情懷一樣，雖然是千瘡百孔，雖然是羸弱貧乏，但却是生命滋養的源頭。在『我沒搖頭』裏，李喬把這一觀點闡釋得極為明確。

經常無故就被「阿叔」（後父）揍得血瀸瀸的「阿楨」，挨打雖是痛苦的，但因為「被打得很厲害後，到了深夜，媽總會偸偸溜到虌鬏間，我睡的地方來看我，並伸手撫摸我被打腫，或撕裂的皮肉。」因此被毒打一頓，在私心裏，倒是很高興的一樁事。甚至後來有了可以留在舅父家裏而避開挨打的機會，他也放棄了，只因為

「我要媽媽，我要媽媽，什麼都不怕，我不怕……」。

「我甘心情願被阿叔折磨，只要每天能看到媽就行。我也努力使自己不去恨阿叔；我幹活兒，都是盡最大力氣，儘量不使阿叔生氣。這不是討好或怕挨打——被打慣了，常常疼痛慣了，就不很怕痛——是一切為了媽媽。」

母親的兒子，對因母親而招致的苦難沒有搖頭地承應了下來，但反觀母親的手又是多麼地顫

抖無力！

「有時候，媽會不讓阿叔看到，偷偷疼我，拿東西給我吃；媽的緊張，好害怕，我眞想勸媽不要這樣，不過，心底裏又好像喜歡媽這樣。」

這一段描寫正是李喬的大地觀。

做爲大地的子民，擁抱大地的心是熱烈的是虔誠的，但大地撫慰子民的手却是冰冷的顫抖的，祂讓祂的子民惶惑迷失，祂無力驅趕肆虐人間的撒旦；正像阿楨的母親無力挽住被「魍神」牽引而去的孩子。李喬一再提到母親的體香、汗臭，因爲這些能治癒他的惶惑、悲苦，在最無助、最無力的時候，這却是最珍貴、最堅實的憑依。在『竹蛤蛙』裏負責看管妹妹阿娟的「泉水」，有一次阿娟哭得起勁了，打她摔她都沒用，阿娟哭了又停，停了又哭，無助的「泉水」終於鼻子一酸，也嗚嗚地和妹妹一高一低地大哭一場了，一直哭到眼皮睜不開昏昏迷迷地睡着了。不知過了多久，「我被搖醒時，到處一片黑，但我聞著了媽的汗臭，我知道媽回來啦！」亂世中的父母能給予他的子女的，正像無言的大地能給祂的子民的一樣多，紛爭擾攘的年代，大地並無力保護祂的子民，但踏着祂的土、喝着祂的水，就有生生不已的生機，這之間是微妙而莊嚴的啊！

7

從悲苦出發的李喬，以地母之戀情說明芸芸衆生所以「安」生「利」命的生存意念，完全得於「苦難」形態的轉化。由枷鎖煉獄的苦難大地到泉甘土香的大地，撐筏擊渡的仍是苦難本身。李喬能這麼透澈、肯定地認識苦難，自然能以此敷衍一個完整的自觀自足的世界，在鄉土文學中立下了不假外求的典型。不過也因之，李喬的世界完全被苦難佔領了，在這苦難統領下的世界，我們只見一個個清癯嶙峋的生活哲學家，甚而對偶見的血肉皮囊却千篇一律不付與面目的描寫。由是我們還發現，誰對人生或是說苦難的覺醒最多，誰的面目便被勾勒得更詳盡。這說明李喬否定生活沒有「原則」的人，或是和「原則」相背的人，這是李喬對人世的「偏見」。這「偏見」固然形成李喬作品的一種特殊風格，但是又給人冷峻的感覺。

李喬追尋人生本質的心是虔誠的，態度是嚴肅的，尤爲可貴的是李喬由苦難闡發的悲憫，一改知識地、高姿態地佈施憐憫，而從苦難的本身去提煉一種「相濡以沫」的悲憫，糾正苦難是外加的，悲憫自外來的啼哭文學的錯誤。由於這樣的執着，『山女』中的人物雖是會流汗，會流血的血肉之驅，但却欠缺濃厚的人間煙火味。尤其這是一本由同一主題、信念衍化的小說集，角度不一，目標却相同，多重的襯托、烘示，「主題」極爲明顯，但形成的格局則太高太險，恐怕無法完全包容李喬心深處那個悲痛的有情世界。

在「序」中，李喬自己說，本書和「鍾肇政先生一系列的長篇偉構」同是並不多見的，以日人統治爲背景寫成的系統作品之一，和鍾肇政的作品比起來，李喬就是缺少鍾肇政的雄渾，但李喬窮探人性的深邃又是鍾肇政所不及的。也許「形式決定內容」這句話適合對這件事的解說。據悉，李喬在探索過現代人的迷失後，又將回到佈滿淚痕笑影的小山村來，再寫他記憶深處的悲苦世界，不過這一回是用長篇來表達，想必除了清癯特立之外，李喬將有餘裕舖陳情思交融的鄉土大地。

我不愛瑪莉

——試論黃春明的變調

1

就品質而言，黃春明的小說是極難得的，未受現代主義汚染的淨品，映襯着他精神風貌上吐露的新生代自覺、自信的新生氣息。我們的文學長久處於「亞細亞孤兒」棄絕意識的包圍；哭調愁雲慘霧的籠罩下，早已養就卑懦陰暗的性格。黃春明能斷然衝破這重愁暗，迸露新生的曙光，實爲重大的意識突破。表面上這一切似乎得利於嘲謔手法所帶來的活潑氣氛，但實際推動的骨幹還是黃春明代表的新生代運轉時代的積極意圖。

新生代能斷然揚棄舊感傷主義的情感包袱，橫跨過「斷絕」的世代，在現實中建立其獨立的歷史認知，從而發展其落基於現實的文學，無疑於傳統文學產生了根本的變革，更爲後來的文學開啓了新的領域。在這段突破與重建的過程中，黃春明算是自覺性的早發因子，他從寬大悲憫中建立的認知，是紹承新文學精神的血系，因而導發的樂觀、自信則是獨立性的開創。無論如何，黃春明在小說中首先建立的明朗面和那一絲自嘲諷中得來的愉快，已樹立了臺灣小說史上歷史性的里程碑及啓引了可貴的轉機。

受三十年代作品主導的臺灣新文學運動，基本上完全秉持了其犀利敏銳的一面。但五十年代政體改隸之際，文學突像離亂經年的兒女重回到母親的懷裡嚶嚶啜泣，完全喪失了先民文學本質中的剛心銳氣，而出現了怪特的「斷絕」，始而陷在無法突破的自佈氤氳中。在見不到先行代的燈引又復受到現代主義迷霧的新生代文學，只好在重重遲滯的壓力下摸索前進。黃春明的文學便是在這種環境下所成長的。然而另一股滙注可為主導的力量亦不容忽視，便是種因於對政治參與的失敗和挫折感，轉而尋求於文學途徑所導出的對時空環境高度敏銳的感應力。從黃春明潛心於卑微人物身上而探討人性尊嚴的固執，我們可以想像得到，其中實在飽涵着建立人的尊嚴、人性的尊重的一代知識份子全心以之的生命憧憬。文學的準星射向歷史命脈的主流，直追先民文學的血脈，肯定地讓文學奠基在社會的實務之上，因而爆發了寫實文學的洪流，黃春明可以算是一任舵手。

新生代的寫實文學，雖然走了一段文學運動伊始相同的歷史程式，但是可以肯定的是，歷史之所以走回頭路，只是證明我們沒有從歷史的過往中取得睿智，回頭的歷史一定不走從容的步調。新寫實文學於應運再生之際，便埋下了突刺向前的引線。就黃春明而言，他的寫作歷程便有一段沉潛期，那是他從許多個體的人物身上着手，步向建設他心靈世界的一段描摹琢刻的歲月。這之中也埋下了一顆種子——他建立了他的世界觀、價值觀之後，又該如何面對這個新世界呢？因此，當他筆下的人物一個一個出現之後，黃春明便迅速地串成他歷史的蘢脈了。當這一條蘢脈在黃春明的意識中逐漸清晰之後，他便果敢決斷地指向新的旅程——深信不移地執行他從歷史中參悟的新信念，進入他的衝突期階段了。事實上這已不是黃春明一個人的問題了，整個新寫實運動要突刺向前，關懷、參與，再向前一步，文學是不是要被判越位呢？我們這裡只討論黃春明，他已經過線兩步了。

2

以『莎喲娜啦・再見』做一分水嶺，我們發現沉潛期間，縈繞黃春明筆尖的重要人物：「甘庚伯」（甘庚伯的黃昏）、「青番公」（青番公的故事）、「阿盛伯」（溺死一隻老貓）、「憨欽仔」（鑼）……，都是鄉土文學傳統的典型人物，一群生活在命運鎖鍊下的可憐小人物，他們身上散發的生命色澤是這一塊土地的色澤，他們面對生活命運呈現出的宿命堅忍和卑懦性格，就是這塊土地上特殊的歷史命運軋出的模型。黃春明都能明確地掌握到這些人物的特質。嚴格說來，這些人物可以說是過往世界的靈魂，但在新的世代裡，成了歷史的陳跡、舊時代的影子。以這樣的人物爲底本，自然免不了懷鄉戀舊的心理，但具備歷史感覺的作家，細數從頭，追究歷史衍化的過程，而直覺地對鄉土產生遲滯的廻護心理，也是極其自然的，實在不必特別指爲落伍、迷舊。

從廣泛地悲憫出發，黃春明沒有停留在濫情地憐憫苦難的層次上，甚至可以說黃春明的筆下並沒有多少苦難的描摹，而眞正令他心醉的是，超過這些物質指數背面的道德涵意。換句話說，黃春明並沒有對「卑微的、委屈的、愚昧的小人物」付予特別的關懷，倒是透過這些小人物，黃春明「特別强調了做爲一個人所具備的那些基本條件」、「……他永遠在這些小人物身上發現做爲一個人的可愛又可敬的性質」（何欣「論黃春明的小說中的人物」），這些話說對了。黃春明發現這些小人物爲社會奉獻了他的一生，供出了他的一切之後，社會不但不感恩，反而不能容納他們，他們往往成了被淘汰、被恥笑、被嘲弄的滑稽古董，被擠落在社會陰暗的一角裡（像憨欽仔他們擠在棺材店對面樹下的一群、阿盛伯他們躲在淸泉祖師廟的一群）。黃春明只是站在「道德」的立足點上，譴責社會呑噬這群生命被榨乾的小人物，猶如「黑寡婦」之呑噬其雄性配偶地殘忍，以嘲諷現實世界人情之勢利薄情。黃春明的筆觸只有令人感覺到，這些小人物的生命引發了他內心的深深悸動是不錯，但實在看不出他有任何特別的鍾愛於此，否則又何忍把「憨欽仔」塑成阿Q的形像，把「阿盛伯」比做老貓。當中明顯地可以看到「憨欽仔」、「阿盛伯」……也是其嘲諷的一部份。

打了半生銅鑼的「憨欽仔」，原本的生活步調被「一部裝有擴大機的三輪車」破壞了，在全無自覺的情況下，他終於面臨不再有人請他打鑼的命運。對於這樣的變局，他只能「啞吧張着大嘴合不攏來」。「阿盛伯」代表的一群，作者雖沒有具體的交待他們到底爲社會做了什麼，但「從早前與貧苦掙扎的日子」可以想像得到他們總是社會大環結中的螺絲釘吧！當歲月不留人，他們逐漸從人生舞台的中央被擠退，最後「街仔人」在有計畫地街仔式的入侵下，「阿盛伯」失去了最後一城，以「死」抗議。這是這些「小人物」唯一能有的抗意。和黃春明筆下其他的小人物一樣，不管是「青番公」、「兒子的大玩偶」、「兩個油漆匠」、「甘庚伯」……都只能服膺繫在脖子上的命運鎖鍊。他們所具備的共同特質，便是——分別在社會的各個角落爲餬口、爲養家工作，他們默默地工作，生活像是在執行生命的任務，但他們不是傳統敎訓中所要的「轟轟烈烈」的典型，也不是具有異行軼事的人生樣張，也不具備特別的代表性，他們只盡了做爲一個人的天職。難道因此他們便對社會沒有功勞、沒有貢獻嗎？爲什麼一定要以賺人憐憫的悲苦角色才配走上舞台呢？黃春明提出了這樣的質疑。

這個靠大家合力推動前進的社會，在功利、勢力的雙線配合下，歷史只揀「大人物」表揚，「小人物」呢？早已被時代隨手丟棄，他們被社會或淡忘了，或淘汰了，社會將他們逼侷在陰暗的一角，他們甚至成了被嘲弄的對象。像「鑼」裡憨欽仔雖然能使着「一枝草，一點露」苟延生命的一絲生氣，但社會對「人」的報酬是如是的淒涼，豈不令人寒心？當我們明白我們的社會是這樣報恩的，我們能不懷疑我們社會的道德觀嗎？黃春明雖然不特別偏袒同情這樣的「小人物」，但透過這樣的認知，他要提出這樣的「道德」質疑。這裡面有兩點是值得特別提出來討論的。其一是新的道德勇氣。當自由社會優勝敗劣的理論被叫得漫天價響時，誰又想到這是操縱這個社會的優勝一方所散佈的昏睡藥？這只是弱肉強食理論的化身。弱者被淘汰是活該？是罪有應得？黃春明能突破我執，從利他主義的道德觀念提出這個質疑，對揄揚新的理性的社會正義和不再是本位的訴願，並具譴責和闡發的雙重地位。其二是新的價值觀。許多人慣把人性掛在嘴上，顯然並沒有建立尊重每一獨立生命的習性，尤其是知識份子建立的本位價值難達普偏健全的地步。將軍和小兵、公侯與褐夫孰輕孰重？大概我們只聽過「一將功成萬骨枯」的嘆息吧！但黃春明却低頭在建設。

3

雖然黃春明着手這個建設，但在他前期的小說裡尙能堅守誠敬的探試界限，主要是他尙未肯定小說能突破這樣的僵局，他並不相信小說能有改變現狀的能力。他雖曾扮演遲滯緬懷的角色，但他潛藏的活躍生命力不會讓他安守現狀。

『莎喲娜啦．再見』的出現，卽表明黃春明在意識上有了重大的改變，他已不能安於從基礎上去建設人性，此時，一種英雄式的意識擡頭了，使他毅然擎起民族意識的旗幟。早先的作品中，黃春明企圖以新的道德觀建立公平的新社會，企圖以他那一套新的價值觀建立人性尊嚴的新理論，根本的用心還在一掃奴性和卑懦的陰影，但顯然這是曠日廢時的根底功夫。在『莎喲娜啦·再見』之後，我們明顯地感覺到黃春明的不耐煩了。

『甘庚伯的黃昏』裡，黃春明曾帶過一道帝國主義侵略的影子，在『莎』篇中却成了他登高疾呼揮舞的鮮明旗子了，他像發現了瑰寶一樣——亢奮地打着抗爭帝國主義、高揚民族主義的牌子，他以爲這是一劑治癒民族傷感、治癒奴性弱點的特效藥。『莎』篇中高漲的民族意識，足以逗得看官張嘴拍手喝好，尤其是火車上那段兩邊打的精彩惡作劇。一邊是一個臺大中文系四年級醉心到日本研究中國文學的學生，誤認這一批礁溪歸來的「嫖客」是日本教授考察團，希望探聽留日的途徑。這個居間翻譯、奉命當導遊「拉皮條」的「黃君」，便利用這批眞嫖客假教授之口大大地教訓了這個沒有民族自信心的青年；一邊又把這個中國青年改裝成追討歷史眞象的血性青年，藉青年之口大翻「侵華戰爭」的歷史舊帳，猛打這批昔日曾以武士道的眞劍，今日以另一種嫖客的「劍」入侵的日本人。雙邊鞭打的結果，青年學生「低頭表示慚愧」，七個日本仔痛苦不已，大叫「可以了，可以了」受不了。實在是一場精彩絕倫的嘲諷好戲，看了令人大呼痛快，爲老被日本人騎在頭上的中國人出了一口烏氣。逼得千人斬俱樂部的頭子馬場連聲讚嘆：「黃君，你够厲害。」，「我很欽佩你。」，「黃君，你是我們所遇到本省人當中最厲害的一個，眞搞不過。」，黃君那股洋洋自得實在賽過打贏一場中日戰爭，看官看得也直呼過癮，似乎近百年來吾民族的奇恥大辱都由「黃君」一人洗雪了。

這是相當討好的寫法，滿足了好多人的阿Q心理。但高漲的亢奮過後呢？當我們接觸到現實冰冷的空氣時，臉上的漲熱不是要化作羞赧的冷汗嗎？黃春明在這一場中日之戰中所片面塑造的英雄「黃君」，實際上就像武俠明星李小龍在「精武門」裡的精彩表演一樣，當李小龍飛起一脚踢掉公園門口那塊「中國人與狗不准進入」的牌子的一刹那，整個電影院歡聲雷動，「興奮」幾乎掀掉屋頂。我們可以諒解這番潛意識，但只能躲在烏漆嘛黑的電影院裡亢奮，走出電影院見了陽光便令人喪氣擡不起頭的「興奮劑」，恐怕不好常吃吧！黃春明豈願是如此的「打仔」哉？

比較「憨欽仔」和「黃君」，我們發現除了嬉笑怒罵的嘲諷，黃春明的意識形態是完全變了。不再是默默探索、虔誠自守的道德耕耘者了，一落筆就讓自己跳出來，就擺出英雄的姿態。在檢討中日關係的主題引導下，他不但要扮演「日本的經濟所控制」社會下揭竿而起的英雄，而且要雪清日本侵華戰爭以來所加之於我的恥辱，要剷掉日本人從「殖民地臺灣」養就的優越意識……。因此從這個化身英雄的出場，黃春明便十分費力的解說：英雄落難淪爲拉皮條，違背良心原則率日本嫖客姦淫自己的女同胞，實在是「有一層難言的苦衷」—「我知道我不能忍受對小孩子有所虧欠」、「他肚子餓了，他有權張大口哭鬧着要奶喝。他生病了他有權要求看醫生……。」看官，你總不忍心逼使我們的大英雄抱持原則而不慈不義吧！至此，我們已十分諒解，我們的大英雄實在是情非得已的坐觀讓「七個女同胞被殺」的事件了—生活逼人啊！顯然付諸行動的黃春明已不再是『鑼』裡面斥責弱肉强食高扛新道德準則的黃春明了。有了這樣的交代之後，我們的大英雄完全陶醉在他的英雄事跡裡了：『我去幹拉皮條，叫他們怎麼向日本人敲竹槓。』；揭日本人的醜—「眞的你們都被翻褲底了？」；藉「特拉維夫恐懼症」、「千人斬俱樂部」嘲謔武士道；註解老一輩人留下的典故—「四脚仔」，諷刺「日本的男人最喜歡站在路旁小便」；用「用心棒」打日本仔的荷包；打日本仔的優越意識；直到算侵華戰爭的舊欠，把七個日本仔打得討饒，連聲拜託：「黃君，不要提了。」還有崇日媚日的同胞也受了「黃君」一記回馬鎗。棒無虛發，於焉我們的大英雄便打出來了。

亢奮之餘，不免要冷靜想想，此樣一番苦心，打掉了「日本仔」了嗎？打掉了卑懦奴性了嗎？恐怕眞正打掉的是黃春明的虛心沈潛吧！大英雄踴起來了，黃春明也浮起來了，顯然，知識份子的驕傲擡頭了。前面，我們以爲黃春明能從「憨欽仔」身上建立的新道德觀是拜自「知識」的功勞，但如今反觀對照，前恭後倨，一切豈不成了騙局？

『莎喲娜啦，再見』的唯一長處，便是『鑼』時代仍有點渾沌的史觀廓然一淸了。『鑼』所揭示的弱肉强食的譴責，實在並沒有十分明確的指稱對象，對治療卑懦陰暗的民族傷痕只是做了基礎的醫療建議，病情並未好轉。『莎』篇可謂下了一劑猛藥，討伐的箭頭一下指向先是軍事繼之以經濟侵略的日本人身上。百年沉痾忽然找到了病因，陳年冤氣有了出氣孔，豈不大興奮？但冷靜思之，知識份子豈能玩這樣不負責的把戲？

樣版文學，吆喝叫打原是長招，但黃春明走到這個地步，我竊爲他不値。先一程，黃春明以文學爲人生的吐哺，原是天經地義的；後一程，動手動脚，實在是高估了文學的能耐。文學不可和人生脫節是大前提，但我相信生命的本身，人生展示的諸相，便自然蘊含生命、人生的至理，作家無論如何偉大，還當不上自然生命的導師吧！文學的冷靜性（不吆喝喊打），正是要在人生表面的燥熱急湧中展示它觀測的定力，文學能掌握到諸相表面下的暗流，文學便貼近人生了。縱有淑世的熱情，文學還免不了寂寞。在『莎』篇以前，黃春明熱力充盈的生命早有幾處不甘寂寞、按捺不住的迹向。東方旣白就指出「黃春明使白梅太容易的獲得幸福，幸福的太容易獲得，減弱了『看海的日子』的幸福的代價。」（六十六年十月四日人間副刊—黃春明式的嘲諷），我看到的是黃春明熱情的手已透過紙背來提升「白梅」了。到了『莎』篇，黃春明救贖的熱情更是毫不保留地高漲了，從之後的『我愛瑪莉』更可以看出，這種熱情洋溢已成了黃春明旅程的另一個肯定的點了。

4

『莎喲娜啦·再見』出現的時候，我的感覺是這些話不必黃春明說；『我愛瑪莉』出現的時候，我的感覺是這些話怎麼又再說了一遍。『莎喲娜啦·再見』裡，「我」幹的兩件「禁不住沾沾自喜」的「勾當」之一——「在這七個日本人和一位中國的年輕人之間搭了一座僞橋……」，『我愛瑪莉』便是這座僞橋的延伸—專打喪失民族自信心的洋奴買辦。除了使用拿手的嘲諷，對

「大胃」這現實世界買辦的典型極盡嘲弄之能事外，從「瑪莉」這一隻雜種狼狗身上，我已可以感覺到黃春明又要宣揚「主義」了。這隻母狼狗實在是不祥之物，牠是「衞門」夫婦婚姻生活的礁石，是「衞門」夫婦急欲丢棄的生活渣滓，但洋奴買辦的眼睛看不眞確這一點。被「衞門」夫婦背後批派爲「一頭豬、一隻狗」的大胃，眼睛裡腦子裡只是利、只是鈔票，他以爲「瑪莉」是他在美國老闆心目中地位的象徵，便不惜百般討好極盡諂諛，甚至不惜紆降人的尊嚴和「瑪莉」摟抱親吻。藉這條狗，黃春明有意嘲笑買辦搬美國垃圾當神祇禮拜的社會病。在黃春明拿手的嘲諷好戲下，「大胃」這個標準買辦的醜態無可遁形，自是意料中的事，我們在『莎』篇中早領教過了。但值得一問的是，黃春明痛快的奚落，把買辦當衆剝光之後，目的何在呢？

「大胃」在美國老闆的眼中是豬狗，但仗着優厚的收入却能驕其妻妾。他有能力使妻子沐浴在「講究與享受」的生活中，但也以「由職業上的成就所滋長的專横傲氣」造成生活在其卵翼下的妻子精神上的痛苦。在另一方面，由於「另有被羡慕和讚美的一面，玉雲對自己在家庭裡遭受的痛苦，也就無法弄清楚問題的所在。只要她在外面得到親戚朋友間的一點語言上的安慰，她對先生的呑忍性就增大。」當中的連環鎖套—「衞門」之於「大胃」尤如「大胃」之於「玉雲」，黃春明在此暗示了什麼呢？等到玉雲意識到，她們母子在「大胃」眼中的地位還不如一條信義路狗園裡六百元買來的雜種狼狗時，她便起來反抗了。當她的忍耐「爲了生活所做的讓步」超過極限時，便勇敢的衝着「大胃」大叫：「我再也不願受你的洋罪了……」這一聲獅子吼不是單純的買辦之妻的吼叫吧！我們知道黃春明要她吼什麼。

「玉雲」在醒悟之後，冷靜地說了這麼一段話：「我倒是要感謝你，剛才我那麼害怕的向你求饒，你竟還忍心打我，這才把我打醒了。過去，我一直錯怪瑪莉，痛恨瑪莉。現在我已經明白了，我因爲毫無理由地怕你，也就怕你的蘭花，怕你的純羊毛地毯，怕你的車，怕你的狗。想起來眞可笑，看淸楚了有什麼可怕？」這還不明顯黃春明用心何在嗎？「大胃手揷着腰，站在那裡瞪着她」，「玉雲」不但不再畏懼，甚至逼大胃攤牌：「你愛我？還是愛狗？」一下子反客爲主，哪來的勇氣呢？黃春明索性說個澈底了。「玉雲」等到三個小孩放學回來，決定帶他們離開到舅舅家住幾天。祖慰首先懷疑：「我們上學怎麼辦？」／「媽咪可以送你們上學。」／進文問：「你會開汽車？」／「爲什麼一定要汽車呢？我們可以搭公共汽車。」這就是結論了。黃春明只不過是借「玉雲」之口指導我們要勇敢地突破帝國主義殖民經濟的包圍罷了。以黃春明在『莎』篇中嚐到的甜頭，他還不會這麼快就罷手的，末了他還要製造一個黃春明式的勝利—瑪莉被土狗姦了。「大胃」在電話的一端哭喪地叫着：「狼狗是母的，是一位美國人送我的，公狗是一隻不三不四的小土狗，眞寃枉啊！怎麼辦？」電話的另一端，劉獸醫得意地對旁邊的人說：「洋狗被土狗上了，嘿嘿嘿。」這不是又打了一場對抗經濟侵略的勝仗了嗎？我實在不願看到黃春明眞的樂此不疲。

5

黃春明所以樂於重覆『莎』的模式，可以諒解的是，這一切完全是出自一顆年輕而熱情的心感應現在時空的深深悸動，也的確反映了這個時代需要醒來對抗外力壓迫的特質，但文學的本質並不適宜做這麼激情式的行動化。我寧可認可早期黃春明對社會道德探索的努力，也不願看到黃春明打着文學的小旗幟汩沒在吶喊聲中。

就過往的歷程而言，黃春明以其英雄式的本質脫離舊文學的桎梏，企圖從文學建立新的社會景觀，樹立新的道德力量，可以說是新生代一股清新可貴的血流。但當黃春明意圖更進一層轉向另一個完全不同的世界探索時，我以爲黃春明不再是一個由內心主導的黃春明，而是浮在時勢波流上的黃春明了。

無論如何，文學還是含蓄的，老子有一句話說：「道可道，非常道。」似乎可以用來借喻文學中未可盡知的那份領域。黃春明毫不含蓄地說了他的「愛」和「不愛」，固然也是黃春明式的勇敢和坦誠，但「玄機」盡失，我不也可以說「不愛」嗎？

鳥瞰楊青矗的工人小說

1

楊青矗可以說是在大衆鼓舞的情形下走上工廠小說的寫作方向的。在『工廠人』結集出版以前，有關工廠的作品，只是楊青矗作品的一部分。這些作品都是「膚受之愬」，在生活的自然反映中出現的，因此容或可以從他十幾年工廠生活的影子中找到工廠世界的主題，但我們可以相信絕大部分還是他本諸作家的資質接受其內在潛藏的人生使命的徵召而自然形成的特色。當我們討論楊青矗因何擎起工廠小說的大纛時，這種浸潤工人世界生活的本質當是首要的。所以與其人云亦云，從「工廠小說」看楊青矗，我更願意探討他小說中的工人本質。

不過在『工等五等』、『低等人』、『升』、『囿』……這些釘上「工廠人」標籤的系列作品推出以後，「工廠小說家」的頭銜回應到楊青矗的寫作路線時，我們明確的感受到，楊青矗和當代臺灣小說落實現世世界的基調完全同步—讓作品在時代的導引下完成。當他慨然自誓「容我再爲大家盡一份稀薄的力量吧!」，他便在這樣的意識驅使下做了『工廠女兒圈』的代言人。從『工廠人』到『工廠女兒圈』的改變，證明楊青矗接納了「工廠小說家」的册封後，做爲工廠人的意識被明晰地挑撥出來。在這以前，楊青矗本諸作家的敏銳良知、本諸長久的工廠生活經驗，他能準確地掌握到工人，至少是工廠人生活的深入面，諸如他在『工廠人』小說集中所表達的。不過確是「工廠小說家」的封號提醒了他做工人代言人的自覺，使他從怨艾工廠制度的工人牢騷圈中走出來，進一步從較大較寬敞的社會或時代的工人定義中去反照他的工廠人問題。他的第一步便是跨過工廠升遷制度的弊端，躍入工廠女兒圈。工廠人和工廠女兒圈比較下，女兒圈的特質便是超過文學活動熱誠的投注，兩者之間的運動明顯地可以看出是文學熱情到淑世熱情的轉換，此時的楊青矗可以說洋溢著更廣泛的工廠改革的熱忱。然而基本上並未突破『工廠人』時代的工廠制度抗爭範疇。

繼女兒圈之後，結集的『廠煙下』可以說才是楊青矗跳脫從工廠制度的狹小範疇看工人的大跨步。從這個集中我們可以發現工人的定義不再是「工廠人」，而工人的生活也不再是孤立於工廠世界中了。明顯的一項進展是工人的問題要從整個社會的連續來關照。當然這個集中的『選舉名册』、『現代華陀』還不脫工廠人的色彩，但內中蘊涵蓬勃外張的聲勢已足以說明不是純粹的工廠人工廠事了。主要的並不在這裏，而在突破了「工」字的意界，由工廠的而散佈到泛勞動大衆的生活面才是『廠煙下』代表的眞正意義。這不但象徵楊青矗工人意識的完滿成長，也爲楊青矗的工人小說開拓了寬廣的生路。畢竟文學的世界必要透過廣大的層面以建立觀測人性的堅固基礎，而不是孤立的怨怒，因此工廠小說也好，工人小說也好，若不能落實現實社會的整體關連上，便無法企及其爲文學作品的屬性；另則若非從工廠人的意識轉爲工人的意識，也便無法確立作品的時代性，因此在『廠煙下』的寫作階段實是楊青矗工人小說的新據點。

就楊青矗這個轉變而言，實際上便是一種社會性的工人運動。左拉說過一段話：「我們要探求社會諸惡的原因，我們爲著闡明社會及人間的迷路，所以要解剖階級及個人。這就是使我們採取病的題材的緣故，也就是使我們深入人間的悲慘及愚蠢的中間去的原因。」這足以說明，我們所以必須站在較超然較高遠的角度來鳥瞰社會病態的理由，而不是用盲目的熱情和獻身。所以楊青矗能從批判工廠制度的熱流中冷却，而回到廣大的工人意識上來，實是可喜的迴昇。可見工人意識是楊青矗的基本出發，『工廠人』是他企圖突破工人困境的尖兵，兜完大圈圈之後，楊青矗仍然是站在大工人意界的陣線上。

2　工人合力扛起來的工廠

『工廠人』的主題著重在不合理工廠制度的批評，範圍也侷限在有制度保護但保護不週的工廠工人。就整個工人運動而言，「工廠人」只是勞工大衆的一部分，所暴露的人謀不臧，也是其次重要的步驟，因此就代言人的用心言，這只是努力的起始點。雖然不可否認『工廠人』展示的工廠不合理的陞遷、不公平的報酬令人憤憤。但如果這個問題不能從整個社會來關照，至少從工人的心態來觀察，我們會以爲『工廠人』只是在爲幾個運氣不好的倒霉鬼說話，不但無法看到制度的批判，更無法瞭解楊青矗從泛工人定義濃縮到工廠人的用心。因此如果把工廠人從工人世界中孤立，又把這些受害者以特殊例外的工人事件來看待，當然看不到默默的工人大衆貢獻了什麼。而據之以爲楊青矗工廠小說的評斷更是過爲狹窄。所以我以爲從另一部分未貼上鮮明的「工廠人」標籤的作品，反而更容易瞭解眞正引發楊青矗寫作動機的基本質素。例如『低等人』、『麻雀飛上鳳凰枝』、『梁上君子』……，尤其是『低等人』，這是楊青矗在工廠人系列中唯一保存早期人物刻畫長處的作品。嚴格說起來，幹了三十年臨時清潔工的董粗樹，還不能算是工廠人的一份子，但從董粗樹身上已將楊青矗在工廠人中所要表達的全部涵蓋在內了。我們從楊青矗對「粗樹伯」的描述，和所謂「廠」對一個奉獻了三十年歲月的臨時工的「報答」，就足以勾畫出今天臺灣工人世界的受難圖了。

董粗樹「蟾蜍皮的老廢仔」、「也許是經年與垃圾混在一起，皮膚與垃圾的髒起了化學作用吧？一粒一粒大豆大的蟾蜍疣，粗糙不平。膚色混混沌沌，黑銹黑銹，永遠洗不乾淨似的。」、「兩頰凹成兩個癟癟的乾窟，老花眼飛進了垃圾塵灰似的，老是睜不開地瞇成一條縫，縫中的黑瞳快要被白翳網盡了，白霧白霧，楞楞無神。」、「走起路來鷄胸向前傾，屁股向後翹，兩隻內撇的彎弓脚使兩膝中形成橄欖型的空間。一步一蹣跚，宛如一隻跳不快的老蟾蜍……」，這樣一個人物在擁有兩千戶的員工住宅三十年如一日，「每天上班走兩點又十分鐘的路，下班多挑一些從宿舍樹林撿來的乾樹枝回去做柴火……多走五分鐘。」挨戶清除每家門口的垃圾箱。在員工眷屬一兩萬人，有俱樂部、電影院、各種球場的大公司裡，「他自認是最下賤的低等人」，「教養好的人看到他都會捂着鼻子閃過垃圾車快步走開。」但是「粗樹伯從來不向人訴苦，好多人說他可憐，六十五歲，無妻無子還要養一個九十多歲的瞎眼老父。」每天四點多便出門拖垃圾。但他說：「有什麼可憐，做人本來就要做，別人不做的拖垃圾工作我來做，一天二十來元我們父子倆能夠過活就好了。」甚至他還「擔憂有一天他拖不動垃圾，公司能僱到一位同他一樣的低等人來接替他的職位。」

不管從哪一個角度看，董粗樹都不失農業社會以來勞力換飯安生認命的小人物，有尊重生命的本色，但一生辛勤，所得又是什麼呢？一紙人事室的解僱通知外，空空如也。爲了「不甘把三十年的生命以臨時工廉價工資賣給公司」，「想要拿五六萬元撫恤金養活年邁的父親而藉故殉職……。」這件事可說暴露了整個工廠制度的暗面了，制度不善，報酬不公，出門坐轎車，在辦公廳裏看報紙「哈」燒茶，偶而動動筆尖一個月薪水一萬多塊；而做起事來全身總動員，從四點四十五分便要步行上班，幹到天黑回到家，一天只有二十塊。不比勞心和勞力，就是和正工比起來也是令人扼腕的。粗樹伯的族弟董明山慢他十年進廠，因爲幹上了正工，便「可領十幾萬退休金。」

命運的差別只在「組長的筆尖下劃了幾個字就定死了，一輩子沒有翻身的機會。」，「粗樹伯」為了五、六萬撫恤金要用「慘死輪下」來換取，總工程師為了要去新加坡當廠長，再等一年就到手的五十萬也不要了。差別在那裡呢？「皇帝頭胎兒子，一出生就註定他是未來的皇帝；瞎眼乞丐的小孩註定要牽着瞎眼老爹到處叫化。」所以，三十年前，掉在母親的裙子中間晃蕩，要粗樹伯叫助產士接生的嬰兒，三十年後，竟然指着他的鼻子罵：「董粗樹！……叫你把一天的工作半天內趕完，你還是照樣慢呑呑。明天不要來上班啦！」粗樹伯的故事不是集今天工人悲慘之大成嗎？但粗樹伯的一生所引發的豈只是『工廠人』所能概括？

『工廠人』和『工廠女兒圈』被寫成敲打工廠不合理制度的方磚性質，主要便是從孤立的立場看工廠問題。其實若能如『低等人』以「人」性的悲憫取代制度的批判，將更能使工廠小說從文學的感性上達成「代言」的效力。因此我認為工廠人和工廠女兒圈被圈制在工廠高聳的圍牆裡，以獨立的制度事件來處理，便容易隔絕了從人性上探討的寬廣面。其實我們只要問一句話：「今天象徵起飛的工廠，那一座不是蓋在成群上萬個的『粗樹伯』的生命青春血汗上？社會又怎麼回報他們？」就够了。

此外，如果跳出工廠的圍牆，可以把工人的定義做更廣泛的解釋。至少，應該包括『在室男』的大小裁縫師，也應該包括『天國別府』的「瘸手馬坑」和「一目仔」。他們不管從那一個角度看，應該都是完整工人世界的一員，從他們身上反映的人生有更為動人更值得深思再三的一面。從這點我們可以看出，楊青矗在『工廠人』意念推展的同時，工廠問題實在不是他關懷的全部，甚至更妥當的說法，工廠人只是他血脈中噴張的工人意識的分支，在最基礎的點上，完整的工人世界才是他創作的母源，因此甩開「工廠人」的標籤評價，我們應以更廣闊的胸懷來看楊青矗的小說，才不至徒得「工廠小說家」的印象。

誠然，『工廠女兒圈』中「婉晴的失眠症」、「龜爬壁與水崩山」、「自己的經理」等篇，已嘗試將工廠世界融入整個社會的軌跡來探討，除了保留批判工廠人基本上的人謀不臧—升遷不以其道、工資工時的不合理—之外，顯然『工廠女兒圈』有一積極的目的—企圖將今天工廠存在的現象以大社會的角度來批判。譬如造假帳逃稅的女會計（婉晴的失眠症）；報酬懸殊造成的新貴族（龜爬壁與水崩山）；爲了不付醫藥費用和公傷薪水，解僱受傷女工的中國經理（自己的經理）……可見過渡時期的工業化社會已被過分濃郁的資本主義完全佔領了。所以剋扣女工薪資伙食、剝削女工勞力的現代貴族—董事長，可以用手指戳着一個十六、七歲觸髒其轎車的女工額頭，吼道：「跪下。」！「跪下。」！「以後再這樣不懂規矩就把妳開除掉！」（龜爬壁與水崩山）；而昧着良心的自己人經理—凌宏漢，用五千塊打發工作中受重傷的「廖太太」，目的是爲洋老闆省醫藥費和公傷薪水，使得被矇蔽的外國老闆都奇怪：「凌經理是你們中國人，我不懂你們自己中國人經理爲什麼對他自己的同胞這樣做？我不懂！」（自己的經理）……，諸此不只展露了女性工廠人的辛勞面，更暴露了整個大工業社會的隱憂。錢字當頭，可以讓整個社會的道德觀解體，這樣的問題就不只是工廠圍牆內的問題了。因此，楊青矗寫到『工廠女兒圈』雖然有一明顯的主意識，是爲女性工廠人在不合理的制度下所受到的迫害抱不平，但追究到根本，還是工人的階層意識的闡發。

『廠煙下』可以做一有力的佐證。『廠煙下』所討論的，不但超越「勞資雙方對立」的基本構架，最重要的還在積極的工人地位的評價。消極的方面是把司機、舞女、理髮師納入工字行列，使之成爲工人層的一員；積極的方面便是建立工人自覺、工人自信的社會地位。這可以分兩方面來討論：一是工人尋求合理的方式保護自己的權益。『拜託七票』寫七名眞正代表工人的工會代表和九名由廠方提名的代表競選工會幹事的對抗經過，雖然失敗了，但說明工人不再以沈默忍耐來接納不合理，而懂得尋求法律保障權益，重點在工人站出來了。當然，『選舉名册』就更上層樓了，工人推派他們自己的代表競選立法委員，尋求從國家的決策機構獲得更可靠的保障，即使是不成功的例證，不過基本意識上值得令人警惕的是，這種代表工人尋求自我保護的、潛在社會大洪流式的覺醒，雖然受到舊社會、舊意識造成的舊階層一時的狙殺，但時代的潮流誰能擋？一是『重建』所代表的，工人在大颱風過後，合力同心重建自己的家園，冒險犯難重建廠房，外來的大敵大難不但使他們前嫌盡釋，存在幾十年嚴重的退伍軍人和本地工人之間的溝隙和不平，一夕風雨使他們站在一起，使他們認淸他們眞正的「同點」。重建的不只是廠房，不只是眷舍，更重要的是重建了幾十年來他們命運與共站在同一線上攜手奮進的新信念。這一階段的作品份量雖不重，但就楊青矗的工廠人寫作而言，是重要的迴應，沒有這個補充，將令人懷疑楊青矗只是在做工廠的制度抗爭。

3 誰能反對要吃飯的權利

批評楊青矗的意見，可歸納爲兩大類。從文學的角度看，因爲他具有强烈的社會參與感，所以他是激烈的；從社會參與的角度看，又未脫文學的優容，所以他是婉柔的。葉石濤則說：「楊青矗是一個純粹的三民主義的作家。」張良澤說：「他並沒有要激起階層的對立，他是希望儘量能够和諧，調合。」（均見「臺灣文藝」革新第六號二〇五頁）。如果我們從楊青矗小說中所具備的一項特質去分析，我們當無法否認楊青矗是「善良」、「溫柔」的說法。這項特質幾乎可在楊青矗所有的作品中找出，我們姑且稱之爲「媒合劑」吧！

當然話說從頭，這得從楊青矗予人「勞資對立」的工廠人印象說起。『工廠人』是楊青矗爲「工人說話」的意識下完成的作品，站在工人的立場，面對無能，萎縮的「工會」，「工人」一無和資方平等說話的地位，自然難免站在「抗議」的角度。但雖是「抗議」，有兩點却足以說明楊青矗筆下工人的「抗議」並不就是激烈的對立。第一，勞工保護自己的方式始終是用「和平」的手段，講理的，低姿態的；第二，勞工所要求的不多，只求最基本的「它給我的薪水能使一家人吃個九分飽，我眞願爲它認眞幹一輩子。」，還不敢眞的奢求和資方平起平坐。我相信這是楊青矗工人本質的一項好處，他畢竟不是書生論政，不敢把標的訂得太高。就工人而言要求生活過得去，稍微公平的待遇就是最大的滿足了，生活只有歹活、好活的區別而已，豈敢坐這山望那山？所以「妥協的」、「知足的」、「善良的」、「又充滿牢騷的」工人，從楊青矗的筆下走出來，也就是從實生活中走出來，如是本質的工人在尋求工人運動的手段自然也是平和的。楊青矗可說準確地反映了這項特質。

所以在寫『工等五等』的時候，安排了「只評工作評價四等」的廖寅－「全廠評價最吃虧的人」，緩和陸敏成的不平；『囿』裡則有「園藝班的領班」爲同仁力求申複，爲吳豐祿蠻橫的操縱透一絲風；『陞遷道上』中「有天良」的「劉經理」；『龜爬壁與水崩山』裡的「黃宿嘉」；『秋霞的病假』裡出口區的「吳先生」……，至少每一篇裡都可以找到這樣一個介在勞資雙方中間打圓場的人物，看似人世之常，但若果連綴起來，我們就知道這一着「媒合劑」實在是楊青矗苦心安排的。明明是尖銳對立的，由於出現這麼一位「中性」的人物，予人資方之中也有好人……，鬆緩了勞資雙方的緊張關係。當然這也許不是一勞永逸的好辦法，但這是楊青矗勞資握手的理想主義。

我們且先別評斷這項主義的深遠性，我們應先了解眞實工人和工人運動家心態的差距，我們才能了解楊青矗「落實」的可貴。工人的特質是生活的理想遠超過生命的理想。所以『工等五等』裡的陸敏成「薪水是工作評價五等」，不到別人的一半，在「同工同酬」的評價主旨下，他

「永遠想不通怎麼會有那麼大的懸殊」。資方像秦始皇那麼「大」，沒組織的勞工像築長城的百姓那麼「小」，當然不可能想得通。除了消極怠工——「價隨你評，工隨我做，以前一天可完成的工作，現在四天才能做完。」牢騷滿腹——「在未實施評價以前，張永坤的薪水因年資久，每年升一點點的累積，他是全廠數一數二的高薪工人，每月領錢與課長不相上下。評價後他評九等，同他一樣工作的，有評十二等的，一個月多領他將近千元」，「主管派工，他要理不理，不論對上司或同僚，講話總是含骨帶刺。」這足以暴露整個評價制度的荒謬了。但是「混蛋！你要幹就幹，不幹就滾。我一個月再少四百五百來請人，也有的是人。」，「人浮於事」，也無怪乎站在資方的課長可以這麼大聲咆哮了；也因爲「人浮於事」，經過「牢騷」、「爭取」、「怠工」之後，再大的荒謬，勞方仍然是屈服的，「陸敏成評五等後，一部分同事慫慂他上班不要工作，等領薪水就好了。但他就是狠不下心，主管派他的工作，稍拖了一些日子，仍是一一完成。」一方面固然是「工人」本性的「良善」、「儒弱」，但眞正使他「不敢反抗不平」的原因還是「生活」的壓力。「臨時工，一天廿一二元。禮拜天也加班，晚上也加班，早出晚歸，一個月領個七百八百的，都要登記一兩年才能輪到錄用。」、「何況一個有安定保障的正工呢？」雖然評價五等，只能吃個五分飽，又怎能不屈服呢？

面對整個箝得人透不過氣的「制度」，我們實在難怪楊青矗要爲他們揮拳擊打了。其實「工人」的「抗爭」是非常有分寸的，且聽陸敏成說：「如果它給我的薪水能使我一家人吃個九分飽，我眞願爲它認眞幹一輩子。」只能吃五分飽的希望吃個九分飽，這樣的願望過份嗎？尖銳對立嗎？我相信要求吃飯的願望是一點不過份的，聖人也說食色性也。薪水只够吃五分飽「另外五分需在下班後回家兼副業才能勉勉强强飽過去。」卽使工廠環境像公園，斥資億萬與建福利設施，但對薪水只够塡五分肚皮的工人，這只是「空殼派頭」。這不是今天工廠界的通病？除了資方撐飽就是做些有「益」觀瞻的宣傳花招，這不是今天整個社會對工人的欺壓技倆嗎？楊青矗從這個角度爲工人代言，去塑工人的形像，可以說做到了「還我工人本相」的深沉呼喊。

從陸敏成的身上散射出去，他的「忙得沒有片刻的空閒」的太太，「辛辛苦苦養大了他」、「從故鄉來幫忙媳婦帶孩子看店的母親」，豈不都投注到「從來不發一聲怨嘆」的生活勞動行列？整個社會陶醉在「工業起飛」、工廠「環境像公園」中的時候，楊青矗把工人的世界縮小到工廠，告訴我們工人只要吃個九分飽，是不是値得我們深思切省呢？其實除了陸敏成哪一個楊青矗筆下的「工人」不是「只要飯吃飽」呢？低等人「粗樹伯」幹了三十年的臨時工，不是就說「有什麼可憐的，做人本來就要做。」直到打破飯碗的解僱通知下來，一文不給要趕走他的時候，他才「抗議」的嗎？『升』裡苦待十六年等升正工的林天明，課長一通電話「停止他辦升正工的手續。」不是只能自認「明天還要叫阿花再去磨鐵銹」嗎？楊青矗從這基本的需求上，從人性之常上探討工廠問題，無疑地根本的用心還是在建立工人世界的自我信念。

4　文學的、社會的

文學的躍動應和歷史的脈搏，所以寫實文學崛起現在文壇亦不是單純的文學事件。現實生活迅捷的節拍，不再允許文學躲在傳統的影子裡做文學貴族的夢，必須從陰暗關閉的角落走到亮處來。六〇年代以後，臺灣社會的結構逐漸地由工業人口取代農業人口的主導地位，自然工人也取代農人成了社會的下階層，成爲新興的受剝削階層，除了名目有異，除了剝削的時候一概被忽視的本質，並無異於過去的農民階層。所以楊青矗的小說，除了工字頭外，並無異於本地小說家秉持的傳統特色——建築在悲憫大衆的立足點上。

不過工人的問題是一種制度圈套的枷鎖，讓你爲了生活不得不掉進去，是新興的訛詐取代高壓的迫害，因此工人運動和農民運動顯著的差異在「覺醒」代替「爭取」。工人問題是在名有制度保護實比沒有保護更糟的情形下產生的。由於本地的工業是在先天不足的情況下「起飛」的，不管是外資或本地資本都用保護做爲勸誘投資的報酬，形成今日尾大不掉的資本家公然違法的氣燄。因此工人運動以喚起工人的覺醒，使工人用和平的手段尋求保護是立根基的作品。前面說過，文學不可能自外於社會，文學而加入工人運動當然也敲這一記邊鼓，因此我們綜觀楊青矗的工人小說，我認爲他不說「打」，只說「站起來」是從潮流中看出來的。

他的小說中唯一見到工人激烈反抗的是『囿』。史堅松在吳豐祿百般刁難的情形下，既不讓升等，又不准參加考試，自己去找了缺也不准調，終於忍無可忍擧起椅子打死了他。可是楊青矗的小說寫到這裡，明知將破壞整個小說的構局，仍然像電檢處補在警匪片末的補白一樣，讓躲在山洞裡的史堅松的內心高喊：「史堅松！殺人者死……。」用心也算良苦了。除了前面討論過的「媒合劑」隨處可見外，『工廠女兒圈』裡幾乎每一篇都有他苦心安排的善良。『昭玉的青春』裡的昭玉付了廿二年的青春，終有總經理的一個「可」字升了短僱工；『秋霞的病假』也終於發了半薪；『自己的經理』雖然可惡，外國老闆却是明理的。……這種善良，在文學上是一種犧牲，但楊青矗選擇了它。

如果從整個社會俯照，楊青矗是屬於文學的呢？還是社會的呢？我以爲我們從他工人而工廠人，工廠人終又工人的轉換過程看來，他只是高呼：工人同伴站起來吧！又何必問他拿的是筆？或擴音器呢？

現代主義陰影下的鹿城故事

『人間世』收集了李昂的『人間世』和『鹿城故事』兩部系列小說。『人間世』以近似D・H・勞倫斯的所謂「成人小說」轟動一時，『鹿城故事』則又以鄉土風格予人耳目一新的感覺，兩個並排的系列儼然是代表李昂不同時期不同信念下的不同思想。在外貌上我們或可同意兩者各具風姿，但在內涵上却難否認李昂慣於追逐文學風尙的傾勢。

第一個理由是，早期她迷戀佛洛伊德、存在主義，醉心意識剖析的時候，正是西方現代文學肢殘理論統攝我們文壇的時候。李昂一頭墜入，在困惑迷惘中著實「痛苦」了一陣子，但眞正使她轟動的原因，還是毀譽參半的「性」；反之，由於囿於學說的羈絆，本身特有的敏銳並沒有絲毫的伸展。其次，當「回歸鄉土」的口號被喊得漫天價響的時候，李昂又毅然回到她的鹿城，及時抓幾個記憶中土頭土臉的人物鄉土一番，還未來得及細心體認鄉土的意義就成了鄉土作家，當然李昂響應鄉土的熱忱也就適成爲對鄉土文學的揶揄。

李昂才情不俗，這是支持她衝衝撞撞的最大本錢，但因爲過份迷信文學主義的領導，對文學本身縱橫兩面欠缺完整的體認，因之不管是寫『混聲和唱』的李昂，抑或寫『鹿城故事』、『人間世』的李昂，都可以看出對橫剖、縱割皆缺少磅礴的氣魄；在一個特定的橫斷面上，完全不顧及事件的縱深時，李昂頗能將內在潛藏的苦悶做精彩的舖陳，但因爲過份服膺一種主義的範疇，不免被圈囿於苦悶象徵的象牙塔裏。

例如，剖剝意識的心理分析手法，原本是主張：人內在心靈的複雜、多樣，遠勝過反射在外、一目可以瞭然的行爲；咸信人的內心是一塊待開發的神秘領域，因此企圖展示這更爲繁複的一面，是其所奉持的信念。但李昂的『人間世』，一個系列推展下來，除了應和西方社會性解放運動的狂飇，以爲性的解放是人類救贖之道之外，這一系列的文章却可用簡單的一言以蔽之曰：孤立的苦悶宣洩。由於我們的社會過份封閉，『人間世』的出現，大膽細膩的性行爲描述，成爲大衆注目的焦點，也使李昂獲得作品成爲「成人作家」的皇冕，「查泰萊夫人的情人的翻版」。然而，導源選擇「性」做題材，李昂所要表達的——現代人生活中的陰影，反掩翳不彰。

其實，這不能指責讀者的低能，「查泰萊夫人的情人」爲「藝術乎？色情乎？」纏訟經年，結論依然曖昧，何況『人間世』大部份篇幅都以性意識爲主幹，讀者惑於性的震盪，又豈都能細心深究作者內心呼喊的、想要人知道的是什麼？「我想我們不曾作錯，校長、教官、老師有他們必得維持的原則，父母親也有他們的條理，誰都沒有錯，也不能歸罪。然而，我們都受到最嚴厲的處決，又怎能說毫無過錯？但這罪責又該由誰來負起？我不知道。」（人間世）。類似這樣的呼喊很多，但都不太顯眼，這不但是李昂早期寫作信念的延續，也是透過性描述的花招想要展佈的本意。但本末倒置，由於受到現代主義陰影的牽引，本旨往往被掩藏在陰暗濕冷的角落裏成了衰疲的呻吟。譬如，『訊息』裏除了寫新舊道德標準的折衝之外，對功利社會的桎梏、時代青年的盲惑……都有或多或少的質疑。但寫到小哥和陳姓女孩的「分別」時，「小哥極愛乾淨是事實，可也從不曾一天裏沒什麼事洗兩次澡，那早上起床後小哥淋了浴，然後一直在有冷氣的房子裏，下午臨出去赴約，又洗過一次澡，而且向我詢問過一條滿是黑色咖啡館與旅館的小街道座落的方向。」手法精明細緻，却只是爲了導引「性」的意識，往往就遮去了前段的心血。這大概就是『人間世』出現之後，鮮有人注意李昂刻意奉行現代主義著重的「技巧」表現，而風馬牛不相及的大事展開「大學女生性意識」的討論抨擊的原因吧！至此，李昂「名」至而「實」不歸，又謂之奈何？

事實上『混聲合唱』階段的李昂，雖然因醉心意識流的心理剖析，而陷入未成熟的哲學信念中糾葛不清，但却能抓牢孕育其內心形象的鹿城古文化。所以「紛雜衆多的夢魘的宗教」和「邪巫神秘的部份」造成她心頭拂也拂不去的陰影，稚幼的心靈中也印上一種不太眞實却又感覺得到的巨大而煩悶的迫害，使她驚懼徬徨，做著無謂的掙扎，用的刀子是現代主義明晃晃的進口貨，但剝的是古老而又深邃的靈魂。因此，近似怪異的神秘色彩和冷峻的現代主義分別從不同的角度罣固了李昂的處女王國。

卽使只是不太成熟的吶喊，或說是呻吟，但黑暗中我們看到的是一顆不斷掙扎向上的靈魂。所以早期的李昂雖然做了現代主義的俘虜，但我們看到的是混濛中揮斧舞鑿的動人景象。也許黑暗中最急切需要的就是光明，李昂一手打破神秘沉悶而又陰暗的囚牢走進『人間世』朗然無遮的赤裸世界，以佛洛伊德的「性」單軌詮釋繁雜苦悶的人生。固然，新開拓的境界予她的作品帶來另一番清晰明朗的景象，姑且不論性與愛的討論是否有助於現代靈魂的解脫，但捨了性就不成其為人生的答案，却表示李昂對困擾其甚久甚深的人生謎題過份潦草的敷衍。或許以性愛是否道德出發討論「人間世」是一種根本的誤會，除此之外李昂或者另有玄機，但李昂却沒有盡責的交代。從『人間世』系列的五篇作品中，最後一篇也是最失敗的一篇——雪霽——看來，由於缺乏明顯的性愛骨幹，主題就顯得十分模糊。可見抽離了「性愛」，這五篇小說就空無一物了，我們實在懷疑，早期潛藏在李昂心中的夢魘只是「性」的苦悶？到此，我們實無力替李昂辯解她完全投降於性說的事了。問題是為了尋求「開朗」因而輕易委身一種單一的人生解說是否是作家良心的抉擇？

急於逃出陰暗的夢魘，李昂在『人間世』覓到了出口。的確，『人間世』的李昂展示的是比較明快眞切的角色，但若果選擇「性」以外的任何出口，我們咸更相信可以替李昂洗清摭拾西方文化垃圾的不友好輕蔑。的確，早期困窘著李昂的强大陰影，對她年輕待成長的心靈是一種急著要逃避的擠迫，但又何嘗不可看是一種試煉？李昂選擇了規避是錯誤，何不選擇承當？尤其不該强求撮合地規避在性解放的陰影裏只求自了。其實，『混聲合唱』時的李昂由於滿懷憧憬，滿懷疑慮，雖然無力肯定什麼，但仍抱持熱心的探索和誠敬的態度。而後好比自己揭去夜衣，予人李昂的玄虛不過爾爾的感覺，一切也不足觀了。人間世系列的五篇當中除了「性」以外，李昂的確還有許多塊壘未平，幾乎每一篇都或多或少延續了深沉的控訴，有屬於個人的，有屬於社會的，尤其是『訊息』和『雪霽』兩篇，作者也許本無意把它寫成「成人小說」，處處都別有見玄機的吐露，但或歸諸敏感而保守的社會，或歸諸作者握持得不堅定，終又淹沒在性的洪流裏，當然最可惜的是淹沒了李昂的尖銳觸覺。『人間世』的失敗顯然是受害於肢零的現代主義，缺乏縱深和廣幅，僅係人生草率的選樣。

李昂是有所探求的作家，但顯然性解放論並不是她恰當的出路，其實，這完全是她生吞活剝現代主義造成的不當。而從所謂響應「鄉土」的『鹿城故事』中，我們就更可以看出李昂避開了陽光，躲入了陰影的不是了。

九篇的『鹿城故事』由於太過「急切的想重覓回鄉土」，以致「對家鄉一種個人的新的認知」，只是一種未能企及的想望。回歸鄉土，「是否自覺屬於它」的消極認定是不夠的，古老而綿延不已的文化尤其不能用割取瑣碎的事件和順手摭拾的片段來代表。其間最大的誤會是李昂錯把「鄉土文學」和「現代主義」一樣，當成文學的一種派別，以為仗持熱忱就能剉鑿得及。因此，她只是嘴裏說著：故鄉是「主角在流浪得疲倦後，有一個可以回去安心休息的故鄉」，是「當爲纏纏結結的各種人際關係及其他紛雜的事情糾纏得十分厭倦後，我至少還有一個可以回去的地方」；另一方面却又緊緊裹住自己的傷痕，以所謂知識人高高在上的姿態，帶著幾分硬是塗抹上的都市文明的驕傲，描寫「鄰座婦人公然敞開胸膛餵乳，沈睡中的老人張開滿口敗壞黑牙的嘴，唾液直滴流到衣服上，貪圖舒適的男人脫下鞋子，把脚擱在前座椅背上，年輕的車掌罵著聽了都要臉紅的髒話。」純樸的鄉土，豈經得起這樣的搶弄？在外面受了屈辱的孩子回來鑽進母親的懷裏哭泣，不念自己的眼淚弄溼了母親無辜的衣裳，却怪起母親爲何不用香皀洗澡而有了怪味。所謂鄉土也者，也只是虛晃一招。

有了這樣的認識之後，我們就不難明白爲什麼李昂只能從細碎的片段中捕捉到陳西蓮、林水麗或她們的母親們，非鹿港非鄉土的人物了。正如陳映湘「初論李昂」一文中所謂的「她們擁有的僅是一長段無聊、瑣碎、可笑的『愛情故事』」、「是無法爲鹿城從輝煌演變到敗落這段時期做任何的見證」，李昂所做的，正和所有誣蔑鄉土文學的論調一樣，鄉土成了鄉下，誤爲只要正視土生土長的人情事物就是應和了鄉土的基調。也因之，陳西蓮或陳西蓮的母親，這未受鹿港風土浸漬的人物也能成爲鹿城故事的主人。尤其是陳西蓮的母親——「可怕的果決，她不顧衆人的反對，即刻乘船到日本，想澄清這件事，丈夫承認了與日本女子的關係，然後，究竟發生了些什麼，陳家的親長誰也不肯多說，總之最後陳西蓮的母親提出離婚的要求，在短期間和丈夫談妥一切條件，甚至分好了一份她該得的家產，才又飄飄盪盪的回到鹿城鎮。」除了籍貫上是鹿港人，這一段描述說是「鹿城故事」，不如說是新女性的覺醒更恰當。當她「踏出陳家大門，她已下定決心與所有陳家的親戚斷絕關係，卽使作乞丐，也不到他們家門口行乞。」憑着這口氣，熬過許多歲月，甚至熬破了一樁聯親，這樣的堅毅，與鹿城無關，與古老的鹿城尤其無關，至少李昂未能把它寫得與鹿城有關是一件非常可惜的事。像這樣的故事若非總題標着鹿城，我們實在一點也不會聯想及鹿城，這豈不是顯然的缺失？

提及出生鹿城的另一個新女性林水麗，『鹿城故事』的「鄉土」就更值得懷疑了。「鹿城」僅只是她出生、學舞的地方，十幾年來，在鹿城，除了還有一筆「可觀的遺產」值得繫念之外，就是「一個可以休息的地方」也够不上。我們實在找不出林水麗或林水麗的藝術可以和鹿城相繫的地方，可是她也是鹿城故事的主角。這樣的「鹿城故事」只應被列爲街坊巷弄茶餘飯後的閒話，不應冠上鹿城的標記。我大膽的假設，李昂的本意也許是想把水麗寫成離鄉背井、受了傷、急流中湧退、需要休息的浪子，這本是工商文明打擊古老城鎮中一項可資紀念的過程，可惜李昂只把水麗寫成無根的浮萍，一點也不是鹿城故事。

若果說：『色陽』無疑地是第一篇眞正的『鹿城故事』（陳映湘：初論李昂），那麼「蔡官」也就可以算是寫壞了的「鹿城故事」。若果說「色陽」的一生映襯著鹿城歷史的盛衰，那麼蔡官種種恰是串連了鹿城現狀的點點滴滴。不過非常可惜的是李昂關心蔡官的門閥遠甚於蔡官本人，充其量蔡官只成了鹿城頹垣的一瓦，而不是鹿城文化的異樣結晶，敗落的舊時王孫固然有其身世的心酸，又何嘗不就是社會蛻變的影子，李昂不會不懂這種道理。李昂塑造蔡官這一號人物——「以她生活中許多累積起來的歲月與經歷，成了鹿城鎮厨房後院的良心。她有那樣無可非說的過往，她可以正當的高抬起頭，言詞嚴冷肯確的判決一切是非，議論她認爲敗德的私隱。」很可以是「鹿城故事」的中堅，但因爲流於細碎情節不關宏旨的放縱描繪，若非這一段迫不急待的表白，我們還可能弄不清李昂要蔡官扮演什麼？若果李昂能將這一層意思成爲小說的主幹，就可以寫出眞正的「鹿城故事」了。

『鹿城故事』無疑是一行極不齊整的系列。由羞澀的鄉愁到鄉土的認知，是一程幽暗的摸索，如果李昂要寫眞正的鹿城，應該擺脫現代主義的牢籠。若儘只是一股思鄉的情愁，夾在回歸鄉土的熱潮，只怕想及的只是「吃點心」和「農曆」。

我以爲李昂寫『鹿城故事』至少有三事未先辨明：第一，故鄉不就是鄉土。李昂誤以爲任何片段、零碎的回憶都能引發緜長的情思；任何蒼老的故事都是古城的寶藏，於是一幅幅都只是取樣的街景。眞正早期困惑她的鹿城深邃的一面，並沒有任何交待。這和誣指方言、農村、愚昧、落伍、蔽塞就是鄉土的批評一樣，把「鄉土文學」當成一種「技法」，而未能眞確體認鄉土再認的意義。因此，古老不古老並不是「鹿城故事」的要項，最重要的是從鹿城的現狀或殘存的遺跡中，察覺他們遠古以來生存的秘密，進而洞燭人性之常。平心而論，李昂也許有意把陳西蓮、林水麗寫成鹿城受到近代文明衝擊後轉變的痕跡，但由於現代主義的影響，却成爲單純的愛情的凋謝事件。事實上，滋養一個人羣的生存的，是土壤、是空氣，生命的意義也應在看不見的社會結構異動中去仔細辨認。

第二，刻畫鹿城，應是理性的剖析，而不是感性的愛憎。從鹿城故事的第一篇『辭鄉』，就已註定李昂要繞一個大圈圈才能回頭找到「蔡官」和「色陽」。不管是出自凋零的感傷，抑或熱愛的擁抱，如果從「感性」出發，卽使「四處找尋」恐怕也只是「耀眼波光」，終無法觸及鹿城的秘密。在『鹿港、鹿港』這一篇好像是『鹿城故事』的後記裏，我們知道李昂寫『鹿城故事』是出自鄉愁的繫念和愛鄉的情懷。然而錯綜複雜的鹿城，今天的現狀已是古老文明和現代文明媾合多時的神秘面貌，要想說這個古老久遠的故事，除了「感性」的熱情爲動機，所以能予以仰仗的還是理性的剖析。李昂自已也承認「要能體會鹿港特有的魅力，必需在長久的居住，對它了解後才會產生。」（鹿城、鹿城）。我們不能說李昂沒有這樣的認識，但不幸隔了一層濃濃的鄉愁，以李昂的銳利仍不免走了這一程寃枉路。尤難令人瞭解的是和『人間世』犯的同樣的錯誤，愛情故事豈能涵蓋全部鹿城的興替？「使創作成爲唯一情感的宣洩」（混聲合唱後記）是不够的，歷史可以靜觀，小說却應負予積極的認知。

第三、認知不在褒貶。做爲一種「文化」，鹿城應該可以自足，不應採取較高的姿態，自認卑屈地從鹿城的蔽塞又否定了自已對鹿城的情感。長大後的李昂一定也知道存在主義、佛洛伊德不是西方哲學的全部，自然，心理分析和意識流也不是西方文學的全部；同理，詩詞、五經、甲骨、陶瓷並不就等於中華文化，非議「小脚」、「姨太太」並不能傷及中國的自尊分毫，作家有意選擇一塊特定的地域以觀察人羣活動的軌跡，本來是所謂鄉土文學作家一項比較謙遜踏實的出發，如果只是基於互相屬於的血緣牽連，愛它的古老，却自卑於它的蔽塞，這樣的羞澀態度是無法認淸所謂鄉土的眞面目的。這實是囿於名詞的禍害，也許不預存寫鄉土作品的念頭，李昂還能很冷靜地把她生存過的地方、熟悉的部份事實，自自然然地表達出來，呈現鹿城部份的眞實（多少，端看作者的表達能力）。可惜預存了鄉土的念頭，很容易就遇上了不鄉不土的另一層意念。因此，鄉土的、非鄉土的意念不斷交叠，有時候，她愛得要死、想念得要死；有時候，又自卑得要死、厭惡回去。愛惡旣生，就很難記得眞正的鹿城是怎麼樣了，也由於陷於情緒的陰晴中，更難能對整個鹿城從縱深、廣幅兩面做冷靜的剖析了。李昂費了很大力氣握住的「鄉土」也無可避免的，又從她的手上溜去了。

從佛洛伊德到鄉土文學，李昂快馬加鞭一口氣趕上兩大潮流，顧盼之際，容或有一份後起之秀的自雄，但賣命的奔逐，我們却可看到她年輕的文學生命由於欠缺培本固元的功夫，正呈現透支過多之後的衰疲。李昂透出的光芒耀眼四射，但她自以爲是的超越凸出，事實上却永遠慢人一步，只是跟在一種風氣之後。長此以往，在上一個潮流和下一股風氣之間，李昂不免要不停地疲於奔逐，要非有一二層出不窮的怪招，就可能被波流汨沒。以李昂光芒的才華，實在不是不能開創新的局面，但是在上一個主義和下一個主義之間，李昂完全無暇停下來思索，拿不出自己的主意。所謂作家的風格，不僅只是筆法的特異，說是「思想」也許籠統些，就說是對人生的認識吧！一定不能抄襲別人的樣本，否則又從哪裏去尋覓創作的源泉呢？

生命中可以逆流的河

——試論季季的生命觀

1

六〇年代中期，季季便以戰後的新生代活躍於文壇上。這個時間，在文學上，剛好是一個斷絕世代的結束；而另一個新的文學世代正醞釀出繭而未得脫胎的混沌局面。一方面是成長在日據統治下的一代努力擺脫語言的羈絆逐漸展露崢嶸，另一方面新生代也在尋求他們獨特的歸屬。大致說起來，呈現在外貌上的新舊交替的特質，和內在一面承繼一面求變的意向完全應和。舊一代以自我教育的方式找回了語言的同時，另一隻脚却踩在歷史的陰影中，負起從過往的心靈傷痕中爲歷史做見證的職責。雖予人「不問蒼生問鬼神」逃避退縮的印象，但我們應該諒解他們有他們特殊的歷史心結。至於新生的一代，雖少了歷史的沉重馱負，但眼前的世界也不是安靜平和的世界，面對急遽翻動的世代，不管是經濟、文化的變革，新舊、東西的衝突……，在在都譜出了無常的世代主調，更迭幻化的社會價值觀逼使新一代也在尋求「憧憬」做爲規避，於此我們如果奢望沒有偏見的文學實在是不可能的。於是無獨有偶地，整個文學的方向都走回閉縮自我回省的年代。當然，我們不否認這樣的方面拓墾，爲下一個世代文學立下了堅固的礎石、播下了種子，在摭拾後一段碩果的時候，我們不能忽略這一段因緣。

在混沌未清之際，普遍縮守聲中，季季可算是難得的歷史沾染最少、純眞而沒有扭曲的新生代。從她尋覓的心路歷程中，我們無疑是讀到了大地上一種叫做坦誠的種子述說了它的旅程。季季本身就是戰爭之後生長的新生代不說，其源發母性的寬大與包容恐怕才是她能沒有「偏見」的主因，使她能在世變的更替中保持平和的心態、在混沌之中保存了渾濛的眞面目。季季新生和「純眞」的特質，使她具備不知避忌衝向現實的勇氣，而自然突破了「扭曲表現」的瓶頸，這是季季的好處；不過無可避免的，也必然經歷一段比較漫長的尋覓歷程，而不可能迅速掌握到時代的主脈，在這一點上季季發揮了閨秀作家的特長，也暴露了閨秀作家的弱點。

2

季季的包容，表現在文字經驗的是廣大的兼容並蓄：一是舊寫實文學血系；一是隨「異鄉人」而來的大陸舊文學；一是成綑販售的西方文學倉庫囤積貨；一是尋找中的新的文學方向，可以說概括了當代文學潛存的所有因子了。季季的寫作原鄉至少同時灌注了這四條泉流，雖然我們很難分辨出這些泉流引導季季寫作的具體因果關係，或分出何主何從，但確切可以肯定的是季季在渴望吸取的情況下，自然聚積了一切可能爲她所需的寫作資源。這些因子也就很自然地，分別或同時呈現在季季的作品裏。這種複式的呈現，雖然滿佈探試的痕跡，但做爲兩個斷絕世代的銜接而言，却不失爲恰如其份應和了紛爭錯綜的世代特質。

同時，在作品的本質上，紹承了舊寫實的苦心，從土壤照應生命，從舊農業社會中去刻摹基本的人性。大致說來，季季小時候生長的臺灣農業舊社會、舊家庭是其探索人際結構的基本模式，她也時常情不自禁以這個社會的道德觀、價值理念作爲品評人物的標準。當然，許多背負了這個包袱的新一代靈魂走出了這個農業的小鎭，走出封建陰影的家庭，面臨轉換急遽的新世代產生的茫然，是季季關注的重鎭之一。此外，從湧入寂靜小鎭的「異鄉人」身上，季季聞到了大草原上戰爭的氣息，也聞到了流浪和失去的悲哀，季季帶着嚴肅的悲憫心來說他們的故事又是其一。雖然季季筆下的異鄉人只是小小的樣張，但我們知道這的確可以是過往一個驚天動地世代的痕跡，從『異鄉之死』我們才眞切地感覺到那一幕罪惡的悲劇造成多大的傷害。在季季而言，是激發了她擁抱大草原的亢奮。

除了這兩個舊包袱之間必然存有的溝河，季季還得面對東西文明之間的衝突。在我們的社會引進西方文化的同時，免不了也接受了西方社會的渣滓。在文學上，西方文學是廣大空白中沒有選擇的唯一範式，季季接受了一些。但那畢竟是時空遠隔的東西，和她的舊識之間的距離反成了她的負荷——顯然存在中的兩極：熟悉與陌生、新與舊、東方與西方……都是季季關注的焦點。在整個衝突轉換的中間，季季雖然代表的是新的一方，但她不扮演激進推動的角色，相反地，她却代表一種理性的遲滯力量。季季不避忌戀舊戀鄉的熱情，甚至打着離開土地便要斷絕的比喻（無聲之城）。仔細探究起來，在兩大斷絕之間，媒合的嘗試成了季季努力以之的「行動」中心。雖然她並不抱持樂觀的態度，但她源自母性本能的婚媾哲學，她以婚姻的結合取代意識的分歧不但成了她的信仰，且進一步導出了季季的生命觀。

3

近日有人討論以思想出發的陳映眞，認爲他的近作『夜行貨車』已經從『將軍族』死亡的分離悲劇轉出了新的愉悅的契合。此與季季發自直覺的契合，雖有層次上的不同意義，不過結局的吻合，能證明發自生命認知的直覺符合了歷史軌跡的觀測，並不是運氣的湊巧，實在是作家資質的自然體現。這裏也可以見出季季的另一項好處，從平凡中建立不易的至理。愛情雖然可能造成生活的盲點，但從愛情去體驗人生亦是十分接近天性的步驟。

若是探討季季契合的動機，還應該歸結到季季對人生的基本認識；雖然「在上一次的戰爭裏」季季還在媽媽的懷裏吃奶，但戰火的餘燼却一直灼燙着季季的靈魂。戰爭走了貧窮不走，戰爭走了疾病不走，戰爭走了離亂不走、悲哀不走。雖然季季沒有聞過火藥的氣息，但從受過戰爭洗禮的人身上，她看到了戰爭的烙痕，她看到了戰爭對人毀滅性的傷害。從『來自荒塚的脚步』季季譜成了生命的藍調，所謂「希望不是絕望；戰地不是荒塚！」，顯然季季從愛聽戰地的故事而接納戰爭的陰影。在應該是蜂飛蝶舞「屬於十七歲的」花樣年華，未先接受人間的美好，却以整個的心接受了上一世代沉重的哀傷。此後，季季便以這樣的認識去闡釋人生。她一直以一種無可無不可的感覺對待人生，就像她的一個篇題：『沒有感覺是什麼感覺』的潛存意識一樣，人生沒有什麼可認眞追究的。根底上，人生的底色就是灰藍的，沒有什麼値得以生以死的激情。因之我們看到的季季，始終都以平和、寬大的悲憫容納這一切，唯一爲她斤斤計較的便是生命的延續，她看不起糟蹋生命的人。

其實來自戰地的故事，只不過是寂寞、浮游、飢餓、死亡的故事，他們在反覆咀嚼中尋求新生，這和季季從土壤中認識的生命是相契的，連綿的苦難構成生命的憂傷本質，但生的毅力却無處不現。子彈穿過的胸膛，攀附愛情可以再生，這是季季堅持的信念。但季季相信生命是建立在動態的躍動中，靜止的便是滅絕的。這可以從兩類不同的異鄉人身上看出他們對生命信念的差異。如果用季季對等的觀念來看，『蛇辮與傘』和『異鄉之死』裏的異鄉人便是相對的存在，但他們根本的差異在哪裏呢？

蛇辮和那把共撐多年的黑雨傘，是這一齣婚媾故事契合的象徵。本來靠愛慕蛇辮發展的婚姻，先天上是十分脆弱的，但季季有意表達母性的寬容，可以捨身應允拯救自己還在吃奶時已在戰地奔跑，却從荒塚裏復活過來的靈魂。這之中透露了季季對婚媾的信心。但走過荒塚的脚步却是停滯的，他常把「說了幾百遍的逃難生涯重複一遍。」，「妳不知道呀！那種三天兩天捱餓，渴了連黃泉湯也喝下去的感覺——」，以爲自己受過苦挨過餓就有權利「吃得下頷貼着頸頸，肚子都突了起來」。甚至還有一套堂皇的說詞：「因爲以前挨餓挨得太多，現在再也不能忍受飢餓的折磨了。」顯然這就是這種結合失敗的整個關鍵所在了。比他年輕十八歲的生命，雖然寬忍、雖然不特別堅持什麼，但還不至於頹廢絕望。然而「揮霍生命」是她絕不能忍受的。當她認識了「他所謂滿足，就是隨心所欲地揮霍每一個今天；華服、美食、喝酒、跳舞、看電影……」，當她聽慣了：「以前我們餓肚子的時候，人家就說明天不會挨餓了。我們沒書唸，人家就說明天一定送你到學校去。我們離家越遠，人家就說明天就可以回老家去了……。那些明天都是沒到來過的……。」眞正沒有一絲希望，完全墮落的牢騷之後，也就是這種契合滅絕的時候。

這是失敗的契合，這種失敗是令人扼腕的失敗。季季有意暗示這重心靈的契合是最後的救贖，失敗了，便是「異鄉人」不可饒恕的自喪自絕。「他」是一個低頭走路、面容沮喪（他見到的自己形象），連個戒指都買不起的男人，他是任性自適爲鬼魅糾結的男人，但這並不是使他失去「辮子」失去傘的原因，而是他沒有明天的哲學。所以從『辮子與傘』、從『來自荒塚的脚步』，我們可以看到季季以婚姻愛情觀點伸展的救贖苦心受到了挫折，而她只記錄了契合失敗的例子，並沒有找到救贖之道。

但若從另外一篇『異鄉之死』來看，我們認爲季季契合的努力有了轉機。『異鄉之死』裏的異鄉人完全是另一種面貌。他們懷鄉戀舊，他們也有一個屬於自己但已遙遠的根，他們渴望再生、渴望延續，他們雖也從苦難走過來，但他們並不放棄。所以，他們一面會爲杜甫的「春望」哭濕國文課本；他們仍戀着口腹的鄉愁——餃子、油餅、小籠包……；他們「不知是因爲歲月累積的蒼老，抑或多年的戰亂奔忙，他們的臉總是淸淸楚楚，或者影影綽綽地流露着疲倦。」；「他們大部分是沉默的，好脾氣，但却非常容易傷感。」然而他們却另有積極的一面，像「崔老師」（崔詠平）一壁爲懷鄉墜下大串大串的淚珠，一壁却在四十四歲那年喜孜孜地享受上天「一件意外的贈品」。顯然只是「不放棄」的念頭一轉，便突破鄉愁傷時的包圍，而在這塊土地上有了新生命的繁衍，「異鄉人」老了、死了，但希望的種子却永遠的播下去。

兩相比較異鄉人的故事，我們可以看出眞正由戰爭教導成熟的生命，雖然瀕於蒼老疲憊，但却有强靱的延續欲望，於是他便延續下去了。然而比之强壯年輕的生命，胸膛上烙着戰爭的烙印，臉上浮滿桀驁光彩的，却聽任怨艾和頹唐腐蝕棟樑般的生命。絕與續就在這一念之間。在撲朔迷離中，季季從愛情與婚姻的故事裏，理出了她延續向前的生命觀。生命是不愉快的，尤其是經過了戰火洗禮的生命，尤其是塗抹了死亡、疾病、饑餓的藍灰色調，但從這裏肯定的生命當更接近生命的本相。

4

季季不特別歌頌生命，但她堅持生命不管在任何情況下都應尋求延續，顯然是私淑了先行代的寫實精神和照應了這塊多難土地上生生不絕的生命秘密，藉着異鄉人的故事再現的。在另一篇不純粹是異鄉人的故事——『河裏的香蕉樹』中，季季闡釋這樣的生命觀已到了十分清晰的地步了。從「怪樹」到「肉瘤伯」之間異樣存在的譬喻，說明生命有其自然的延續毅力，不待過份的呵護。過份的呵護有時適得其反，好比那向日葵的花籽——「澆了太多的水，反而把它泡爛了」。「肉瘤伯」在單身的時候，在那陰暗的「竹子糊着泥墻的茅屋」裏，「吃飯、睡覺、大便……又成天的咳嗽……」，能怪異而頑强地活着。但從「賺食寮」裏帶回肉瘤婆之後，雖然「那頂變黑了的綠蚊帳，現在是常時的綠色了。那破了一個大洞的被套也換新了，一朵一朵紅色的玫瑰花攤在床舖上，像給那小茅屋增添了無限的生氣呢！有這樣勤快的女人照顧着，肉瘤伯應該胖起來才對的，可是他的臉色反而沒有以前好了。原先還有點肉垂下來的奶子更顯得乾瘦，伸進玻璃罐子去掏橄欖的手掌更加地蒼黃。抖呀抖的，有時掏一個橄欖要掏半分鐘……」，肉瘤伯的生命便這樣結束了。這一壁說明了生命消長對等的道理，一壁也在暗示艱苦往往是生命延宕的主力。

以這樣一個在學校旁開小店的「怪」老頭，以及其身邊環繞的許多生命，我們得到的生命現象是源源不絕、多彩輻輳的印象。季季雖以「賺食寮」舊址改建「浸信會」的嘲諷筆法，企圖撩弄「道德」拯救「原罪」的無力感，而造成了令人啼笑不是的效果，但我們可以看出季季的用心是在面對原罪而不是强求救贖。種子播下去會發芽，那是生命與自然的結合，有生有滅也是自然的法則，「好人」、「壞人」更是不必由我們來界定。「肉瘤伯」這個怪老頭和肉瘤婆這賺食女人的結合，固然按照物的本則，在肉瘤伯死後延續了新生，但生下眼睛睜不開的孩子——帶着生命的原罪，這樣的「生」是憂？是喜？「生」是喜悅，「病」是苦難，但那是人生。季季是相信這樣的人生的，誰反對這些，誰就是反對生命。從這裏可以倒回『蛇辮與傘』這一婚姻的故事了——分合完全決定在是否有生的意志。有生之意志的被接納，不問任何條件；怯懦逃避的被拒絕，其實這不就是說的生命的故事嗎？生命像條河，涓涓細流便是延續，這也就足夠說明季季爲什麼要尋找生命之河了。

我們不妨進一步說，季季出發去尋找這樣的生命之河實在是戰爭啓發的靈感，以象徵母性的愛情把這一個原本該是緊張的世界鬆緩了下來，她甚至企圖撫平一場戰爭的烙痕，不過終極承認這一切還是生命的本質勝利。有了後代的異鄉人，他的生命延續了，就像肉瘤婆連根挖起丢在河裏的香蕉樹別有附着，發出芽來了，而且越長越高，婚媾的哲學便進一步攫住了季季。

由於這些體驗，當她面對舊社會、舊制度、舊道德和新的社會制度之間，雖然明顯的是兩相暌隔的時代，對站在兩端的兩代人而言，是段無法跨越的距離。上一代的婚姻悲劇和下一代的人生悲劇，雖然是互不相屬的劇情，但推究到終極，同樣都是源自人性中同一的病態癥結時，古今的悲劇又可看做一體了。因此，有人在戰爭的火線上失去了自己，也有人在生活的陣仗中迷失了自己，尤其是急遽變動的社會的新生一代，在考試、愛情、謀職、留洋，因膨脹造成的壓力衝擊下，許多年輕的靈魂也步上頽唐自喪，缺乏生之意志，季季費了許多筆墨便是企圖敲響這一記邊鼓的。『塑膠葫蘆』和『杯底的臉』卽可算是此類故事的總結。

且看『塑膠葫蘆』中那個自嘲爲「人渣典型的年輕傢伙」吧！在火車站裏等了一個多小時，等到了「右手拿了紅色大衣和黑提包，左手便拿着個汽球上下拍打着的」女友阿洋。見了面之後，「她站在我的面前說：」、「生氣沒有？我遲到了。」、「然後頑皮的笑着坐下來。」、「怎麼搞的？我說。」、「媽媽死掉了。她說。」、「什麼時候？」、「今天早上七點的時候。」、「我那樣妳怎麼能來？」、「那又不是我的母親。」、「爸爸呢？」、「他問我到哪裏？」、「那樣妳怎麼能來？」這份淡漠、沮喪實在不輸火線上下來的「黑傘」，也近似卡謬筆下的異鄉人。雖然這一個自己都「覺得自己眞的是一個莫名其妙的怪女孩！」老覺得自己「有一天會變成『冰石』」，並不是沒有來由的——父親再娶時，母親自殺了，但父親導演的悲劇還在重複着。使她固執地相信人終得歸結於冰石的虛無論調，使她敢於「嘲笑別人對於死亡的漠視和對生命的無知」，使她故意嘲弄「做什麼事都應該有理由嚒？」於是，她答應和比她小五個月、考上成大建築系不久便在珊瑚潭淹死的冰石結婚。看似荒謬，其實季季就是在闡釋婚姻的救贖。這個婚姻觀念上已被蒙上恐怖陰影的靈魂，却依然相信唯一可能的救贖還是婚姻。她說：「我想過結婚，但從來沒有想過和誰結婚。如果嫁給一個像我父親那樣的男人，我只好和我母親那樣了，雖然在看我母親的屍體時，我曾認爲她愚蠢，而且對生命堅持力過份柔弱，然而，作爲一個女人，也只有那樣了。那總比活着沒有人愛好。」可見婚姻的救贖是她心目中唯一的一線生機。

可惜坦白的「人渣」對她說：「我從來沒有想到要跟妳結婚。」之後，雖然極力地建議「我們要盡量設法走出要把我們覆蓋下去的陰影——上一代的陰影。」但阿洋已認爲「不行。我沒有辦法了。」在季季的心目中，「婚姻」救贖的力量似乎成了唯一的救贖力量了。阿洋代表被舊封建揑碎的現代殘破，「人渣」則代表新社會自我放逐的廢物，他們錯過了結婚救贖的機會，生命便「支離破碎」，就「只是一個汽球」。這還不够證明季季的那一點用心嗎？回溯到季季心中的那條河，豈不是也可以印證出，沒有延續可能的生命，便是斷絕、沒有希望的生命嗎？

我們也可以再從『杯底的臉』找到這個說法的佐證。『杯底的臉』一落筆，便是「勇氣啊！勇氣！」你知道季季打的是什麼主意嗎？她只是在呼喊「那一對互相垂憐的男女……本該有自己該走的路罷？爲什麼沒有勇氣去走而聚在一塊呢？」但記住：「勇氣只是詩的言語；或一種標語。」，「其實那只是一羣懦弱的動物。」，從「大華」到「阿富」，爲什麼終究是「死亡的臉」？是「魔鬼的臉」？說穿了只是杯底不實在的臉。不管是初戀、再戀、熱戀的對象都與婚媾無關，都與救贖無關——這便是癥結所在了。我們不知道季季何時爲什麼想到了這樣的婚媾哲學，不過扯去愛情與婚姻故事的外衣，季季從母性出發尋找生命之河的動機便昭然若揭了。從戰爭、從新舊衝突銜接、從婚姻的本身，季季錬就了這條河。這之間有尋覓鍛錬的痕跡，季季心中的這條河並不是一開始便這麼澄明的。收集在『誰是最後玫瑰』中的四篇作品，季季與「人渣型」的年輕之間曾經是親密而相連的，但那只是一種成長的過程，季季終於用河的觀念而與之脫離了。另一篇作品『羣鷹兀自飛』似乎也可以是佐證，以母性的包容力言，人類因尋求生命的延續，縱有錯池也是可以被諒解的。這足以證明季季對延續生命的力量的尊崇，我們尋到了「河」的喻意，便大致尋到了季季的主要思路了。

5

然而這並不是季季的全部也是可以肯定的。就作家的關注面而言，季季可以算得是泛愛論者，在『月亮的背面』的序言中，她自己就說：「我關心的是人的生存，以及因生存而產生的諸多問題：貧窮、疾苦、愛的幻滅，從農村走入都市後的迷失，新文明對舊社會的衝擊……。……所有這些問題的核心，乃是爲了探討人的生存價值。……」但證諸一條河的執着——生命只是生殖的延續，我以爲季季對生命的闡發太逼近生命的本能，所以表現在作品中生命觀的色彩是平淡的，被文字的色彩掩蓋無光。因此季季雖肯定「要探討這些價值的最佳方式，無非是不斷地從各種不同的角度，寫出不同階層的人的經驗。通過那些經驗，你可以看出他們是以何種方式去尋求他們自認爲最適合自己的價値；或者爲何毀壞那些價値。」但殫精竭慮地用推陳出新的方式還仍只是伸展這層信念，這是疲於奔命的變法。無疑整個世界得的是急症，季季開的還是培元固本的補藥方。因之，在抒發伸展的過程中，季季延宕文字情節的能力往往超過讀者的耐力，足見季季是如何費力地墾拓她的寫作世界，我們也可以看出季季有意以文字應和她的生命情調。

季季的生命情調是什麼呢？我有一種感覺——季季一定暗自得意過「沒有感覺是什麼感覺」的命意，事實上，這就是她的生命情調。反覆玩索生命的結果，嚴肅的部份極爲有限，反之人生的大部份却是予人無可如何的感覺，譬若季季的筆寫到了窮苦、病患、愛情的幻滅、婚姻生活的悲劇，但季季絕不肯花太多的心神去追究這些苦難的來源。她有「反正人生就是這個樣子」的淡漠。但作爲作家聰明得什麼都不深究，從不去解愚昧人生的結子，嚴格說來，就不會要和文學糾葛不清了。不過，季季還不是眞的一根腸子通到底的，這只能說，她有她另一種的想不開，另一種糾結而已，那就是她特別着重生命的氣氛，投注於此，必然忽略於彼了。

她常常像愛呢喃的少女、愛嘮叨的母親那樣，把情節一個峯廻路轉接一個峯廻路轉地轉下去，一點都不嫌煩瑣地左拾一節、右撫一段。顯然，這是障眼法，季季從不認眞去解人生的結，但這並不就表示季季不知道人生有許多苦結，只是每逢節骨眼上她便輕巧地避開了。季季幾乎所有的重要作品都是採用此一技法的。例如『屬於十七歲的』內中至少包括：中學生活的回顧、看門的退伍軍人的生活、教體育的馮老師、馮老師和老校工遺孀的結合……五個以上的波折；例如

『杯底的臉』、『河裏的香蕉樹』這些典型的作品中，我們可以發現季季實在是鋪衍情節的天才。『杯底的臉』一短篇之中季季可以交待九個不同類型的愛情事件。而『河裏的香蕉樹』，從「樹」的出生到人的死亡，再由死亡到再生，從學校的老師到學校旁邊的小店，到賺食寮的女人……，我們幾乎忘了季季要把我們帶往何方世界了，猛一回頭才發現只是在尋找河裏的香蕉樹，只是在找那條生命的河。但在感覺上，它已不是單一的了，許多情節共同來烘托它，它已變成多元的輻輳，雖然那只是平凡近人的生命現象，却變成眞實灼人的生命之熱了。也許在季季內底裏，有意反對文學是人生抽樣的主張，而用這種多元輻輳的方式，企圖造成比較活現的生命形象，而不惜呢喃和嘮叨。通常小說的情節都不免侷限於表達單一鏡頭焦距的投注點上，文字的效用也只及靜態的面上，但季季這種多元輻輳的方法予人另一種眞實感。

6

作品的連綴性實在便是作家生命成長的記錄。尋找生命中的一條河，是季季創作過程中一股主要而强烈的神秘信念，但這一信念的外延始終並未突破個人的人生理想，因此這一信念的追求，在季季昂揚的年輕生命中是狂熱的努力標的。但隨着心智的成長，人生信念的外延逐漸加大，季季便不能滿意於這條河的羇絆了。我們看得出來，季季有努力從這條河躍昇的試圖：一是『夜歌』，那是屬於另一個範疇，姑且不論；一是『拾玉鐲』系列的作品，明顯的可以看到季季已經感悟過去她是把整個世界擠進內心去鍛鍊，用屬於季季的催化劑把世界條理化，而吐露屬於季季觀的世界形象。現在改變後的季季則是儘量騰出空位來接納的季季，要不斷接納才能回過來嘔瀝的季季，這在許多人的寫作歷程中實是極爲少見的例子。雖然『拾玉鐲』、『大印』、『矮屋下的臺北人』這些作品並未發展成一條十分明確的去向，但我們已看得出來，這是季季企圖突破和創新的嘗試。我不以爲季季此舉只是應和文學界一股回鄉的熱流，我以爲在季季的寫作生命中必然經歷這麼一個階段。

畢竟，季季離鄉的十八歲是太年輕了些，鄉土的印象，我們已零星地在她過去的作品中見到了，顯然那只是止於十八歲的零星印象。雖然那有些不可或忘，懷縈腦繞的人與事，但還不够做爲她作品的幕景。當然缺乏滲透，也就談不上根源的感覺了。季季開始寫作的時候，事實上大部是仗恃她在文學上早熟的才華，和一大塊人生的懵懂，以至於她是那麼急切地要從懵懂中理出一條河來。不過，這實在不是很好的現象——對季季的寫作生命而言，過份理則化、條理化的人生都不是多彩多樣的人生眞貌。我相信季季既然極着意在匠營作品的氣氛，當然也會感覺到理則化的人生不是文學的人生，更不是眞實的人生。季季在『拾玉鐲』系列尋求轉機，因何不也可以解釋爲遇到挫折之後的突破呢？作家用他親身經歷的故事做爲作品的樣張，當然不會捨去常惻惻於心的那一點感懷。於鄉土而言，季季是少小離鄉的浪子，於今再回過頭來檢視這一片廣袤的原始地，當然會是一片採擷不盡的沃野。我更相信季季心中除了那一條可以逆流的河涓涓不已之外，已有餘裕兼顧兩岸的無限風光了。

偏執的眞相

——試析陳映真評論

在沒有批評專司的臺灣文藝界，創作家兼營批評是相當普遍的現象，但是要兩刀同樣剔透倒也不是容易的事。陳映眞便是不多見的、小說和批評同樣卓越的特殊例子。早在一九六〇年代初期，陳映眞便以相當篤定的小說風格名世，其後大約有十年間的退隱與沉潛，一直等到七〇年代中期以後才搖身一變，執着鋒利的批評之筆，改名「許南村」再現。從『試論陳映眞』這篇自我的昨日省察開始，兩年間陸陸續續地寫了十幾篇類似文學主張宣告的評論文字，並且集結了過去十年間的評論文章成『知識人的偏執』一書出版。這些種種差不多快要讓大家認定小說家陳映眞的文學生命要以批評家許南村取代的當口，陳映眞忽然在一九七八年一口氣推出了三篇具有相當震撼力的小說，似乎有意向大家宣稱小說家陳映眞和評論家許南村並存的事實。做爲一位寫作歷程緜歷近二十年的優越小說家，忽然板起面孔執批評之筆，我們不難想見之中定有一股不可旁貸的熱切、一股從創作經驗中醒悟的心解。下面的文字便是從這樣的認識基礎出發的。

陳映眞就是許南村，有時侯心血來潮，他也用陳映眞的名字發表評論文字，所以爲了行文的方便起見，下面我們一律用陳映眞。

從揚棄出發

陳映眞的批評是從對現代感傷主義的揚棄出發的。六〇年代的臺灣文學市場流行一項暗盤交易，那就是故作姿態的誇大的現代主義謊言被允許取代剛要萌芽的自覺，而呈現一種不敢面對眞實的貧乏和困窘，從詩、繪畫、音樂到小說，無不以現代主義旗幟的陰影去遮避羞慚，由於欠缺相對於西方現代主義發生的時空，嚴格檢討起來，這樣的現代主義流行，只能算是一場病毒。不過我們不能不承認，通過這個時空領域的所有文學種芽很難有天生的抵抗力，要之，只有浸潤的深淺、痊癒的快慢而已。陳映眞之輩的作家當然更沒有倖免的自由了。不過對陳映眞而言，那只是他思想萌芽期、不致燒壞腦神經的一場熱病而已，這樣熱病只發在他早期的小說創作上。

而後他便以這場熱病出發，批判了現代主義，也做了自我的批判。陳映眞認爲，在臺灣的現代主義是：「學別人種一些不適合於這個土壤的東西」、「缺乏與它的西方母體之間的臍帶連繫」、「只看見它那末期的、腐敗的、歪扭了的、亞流化的惡影響」、「看不見任何思考底知性底東西」、「總之，我們的現代主義文藝，變成了一種和實際生活、實際問題完全脫了線的把戲。」至此我們可以看出陳映眞因爲認定臺灣現代主義文藝由於缺乏客觀的基礎，和落在一羣知性貧弱的人手上把玩，而判定它是虛假的，而毫不容情的筈伐。不過有一點要分辨淸楚，陳映眞討伐的對象只是臺灣的現代主義，而不是現代主義的思潮或內涵。從兩個事實上可以得到證明：第一，直到現在，他本身的創作並沒有拒絕現代主義表現技巧的輸入；第二，他誠摯的主張「現代主義再出發」，並爲它開了「回歸到現實上」和建立「知性與思考」的處方。可見他對現代主義仍然保留了某種程度的殷切企盼，正如他反對「對它做無分別的、教條式的攻擊」，而「承認了它一定存在的價値」，分辨文學上的主義，這樣的理性是非常重要的。

有了這樣的認識，我們便能瞭解爲什麼陳映眞一方面承認「現代主義文藝在反映現代人的墮落、背德、懼怖、淫亂、倒錯、虛無、蒼白、荒謬、敗北、凶殺、孤絕、無望、憤怒和煩悶的時候，因爲它忠實地反映了這個時代，是無罪的。」，一方面又指責它「不能包容十九世紀的思考的、人道主義的光輝」和「已經史無前例地捨棄了豐富民衆精神生活的文藝任務。」換句話說，即使對待眞正的母體上的現代主義，陳映眞也只保留它文學上的描寫價値，而否定它在人道精神上的考驗，因而對於現代主義文藝一直抱着批判的態度，至於討伐以虛假和無知出發的臺灣現代主義自然更是毫不容情了。

我在前面已經暗示過，六〇年代的臺灣現代主義並不是源自文學的理想，而是精神上極不自然的規避。陳映眞深一層地指出這是盲目西化的弊害。「西化」已經成爲「三十年來臺灣精神生活的焦點」，在「全盤西化」、「照單全收」的高聲急呼中，我們已經不必懷疑今天回省起來非常可笑的、奇怪的摭拾西方文化垃圾的行爲。在當時爲什麼會是嚴肅而誠敬的？在這方面，陳映眞無意集中礮火在文學藝術的狹小領域中施展，本著「一個時代的『時代精神』，一定有它做爲時代精神的基礎的根源的，社會的和經濟上的因素」的假定，他從三十年來的臺灣社會找到了這個文化走向的主要答案。在美國防止「共產主義在貧窮地區滋長」的政策下，先後通過「美援」和「美國資金、技術、資本、政策和商品」輸入，以及日本資金參加輸入的二大階段的臺灣經濟，實際上就是美國資本技術和日本資本技術强力影響下的附庸經濟。相對的，在「文化精神上」也就產生了對「西方」的「附庸化殖民地化」。準此，文學自然也無倖免的理由了。

由於對現代傷感主義的追根，使得陳映眞有足夠寬廣的胸懷認識，「在西洋文學中找傳統、模仿西方文學的內容和形式；從事創作」的臺灣現代主義向「西方『一面倒』」有其不得不的理由，也因爲這樣的探索，開啓了他從文學的外延活動來考察文學的批評形態，對現代主義的批判如是，對自我的解剖亦如是。

對現代主義的眞批判

『試論陳映眞』一文可以說是他對現代主義批判的總結。這篇文字由於混入身世的自剖，是目前爲止對早期陳映眞作品最深刻的剖判。我相信這樣無所避忌的自我評斷的背後，並不是出於闡釋的膚淺動機，而是他捨身解剖台所做的痛切宣告。首先他指責自己落在感傷主義的低氣壓中，「顯得憂悒、感傷、蒼白而且苦悶」，而且保留了「市鎭小知識份子」拘謹的心態，這正是青春期的資本主義工業社會慣有的現象，擺脫不了新奇、幻想、反叛和感傷複合交織的怪異。陳映眞的自我檢查是在自我破除和殷切期許中完成的，所以他坦然指出自己患有這些時代空氣輻散的社會性格，在他作品中所描述的「市鎭小知識份子」和陳映眞對過去的自己常常是二而一的，他說「陳映眞世界裏的市鎭小知識份子」、「也許是客觀上並不存在著這樣的人物罷！而其實也是陳映眞自己，和一般悶局中的市鎭小知識份子的無氣力的本質，在藝術上的表現。」從這段話，我們可以悟出『試論陳映眞』一文眞正的旨趣實在是透過對過去自我的檢省映照出一個新興社會的新興階層所做的努力和所面臨的盲點。我們可以感覺出來，這是一篇考慮很多禁忌後仍力圖顯示眞實自己的吃力作品，但是透過他對過去的自己，或是說迷霧中患有傷感氣質的「市鎭小知識份子」理性而決絕的棄去，我們深切地感應到陳映眞已經從破壞期的揚棄，準備進入新的建設性的期待了。

如果暫時放棄探索陳映眞揚棄現代主義的理由，暫且擱下陳映眞對「揚棄」背景所做的外延詮釋，我們可以一眼看到他對「過去的自己」、對「市鎭小知識份子」最大的不滿在於他們明知自己身處「在一個歷史的轉形時代」，一方面「無力使自己自外於他們預見其必將頽壞的舊世界」；另一方面却「因着他們在行動上的無力和弱質，使他們不能做出任何努力，以使自己認同於他們矇矓中看見的新世界」。這種只能在困境中用苦悶煎熬自己的行動侏儒，陳映眞固然爲他們找到了若干可以諒宥的「不得不」的理由，但是事實上，跳出迷圈的陳映眞已確認那是不够的。我想『試論陳映眞』一文所以能認做是他對現代主義的總批判，完全在於它顯露比批判更積極、更殷切的自我以及對整個文藝前程的期許，雖然表露的過程還是相當含蓄，但是我們確實感應到陳映眞期待市鎭小知識份子脫胎換骨、超越憂悒和無力感而前進，「在實踐中挺立於風雨之中，優游於浪濤間」的殷切。儘管這股殷切的本體還是十分模糊，只是籠統地寄望於文壇一些新的未來的變革，或是卽將湧現的新一代年輕作家身上，然而陳映眞終於停止了消極地對現代主義的批判，開始尋求肯定性的建設，無疑是從此展露了新的生機。

文學的外延論

文學存在的重要性如何，往往和它與外延因子的關聯成正比，臺灣文學似乎是屬於相關性比較濃重的例子。所以從現代主義的揚棄到新的文學潮流建立以前，必然還有一段相當長的渾沌期。陳映眞在給現代主義做總評的時候，差不多是現代主義自然式微的末期了，但實際上這時候距離新的、對現代主義有糾正作用的文學潮流出現，仍遙遙無期。不過確實令人感覺得出來，有一股求變的改革風潮已在醞釀中。衆說紛紜中，大家都試着去導引新的文學取向的空氣已經凝成。這股凝集的空氣在一九七〇年代中期鄉土文學論戰出現以前，各家各派難免爲名稱和表現意象上的差異而僵持不決，但爲糾正現代主義流行以來的方向偏失、意識缺憾的主題，則非常接近。在這些紛紜中，陳映眞所持的文學外延論雖然表面上比較不在純文學的範疇裏，然而從臺灣文學的特殊環境言，却又是繼承了臺灣文學的傳統批評精神。

陳映眞的小說是本土作家中吸收現代主義表現技法非常成功的少數例子之一。然而他在批判現代主義時似乎是有意忽略了現代主義在這方面的成就，他寧願從現代主義與時空環境的疏離來指責它的不眞實，這樣的批評意識在他的理論眞正邁向成熟期的建設前，還無法讓人掌握到他熱切地主張什麼，但是看他賣力的淸除魍魎的憤怒感，我們可以感覺得出他在尋向理論確立的焦急。

基本上我們可以發現陳映眞的文學論是人道主義文學的延伸，不過他不像尉天聰那麼率直地指向意識層次的人道本題上來，他熱衷於文學外延社會的討論，舉凡經濟條件、文化條件、政治條件之中，尤其是受美日資本强大影響力控制的經濟成長形態，陳映眞認爲它直接傷害、左右到我們文化的質素，密切地帶引我們的文藝走在資本强權文化的陰影中，成爲附庸形態的文學。陳映眞從經濟條件引伸到生存條件的討論方式，箭頭仍是指向人道的課題上來，他認爲經濟條件的不自由的附庸性格直接導至了文學性格的不健全，包括對外來傷害的渾然不覺和本身認識的迷失，這些在「保釣運動」以後普遍而熱心的話題，陳映眞透過文學的角度來探討，仍然是相當動人的。資本主義强權國家藉助友誼和結盟的糖衣，有效地掌握了我們的經濟，進而扼縊了文化自生的管道，終而導至自覺能力的喪失，影響在文藝上不是渾然不覺，便是迷失。陳映眞據此批判了現代主義文藝，也據此肯定了他心目中的有價值的文學。

文學外延論著眼於文學存在的現實條件的對照上，所以我們可以把陳映眞很粗糙地歸類爲現實文學的擁護者。他從經濟環境的探索中找到了人生生存條件與莊嚴感的必要，這是再實際不過的人道精神表現。陳映眞對現實文學的擁戴可以分兩個層面來說：其一，就是他對文學外延論的堅持，他幾乎不曾在評論文字中討論作品文字內部的問題，他强調「文學來自社會、反應社會」，他以三十餘年來臺灣外觀的環境解釋三十年來的臺灣文學，他把七○年代的變化解釋爲國際事務變化和工商經濟體制內部問題的大會串，雖然我們不必强求同意這樣的詮釋是唯一的闡釋途徑，但是世界上的文學抑或古典文學容或可以否認和現實的親密關係，唯獨近六十年傳統的臺灣現代文學不可以做和現實無關的詮釋。陳映眞對經濟强權所帶來的意識破壞不遺餘力的譴責，實際上就是臺灣文學反帝、反封建傳統精神的延續。他立足於現實的文學觀，無疑代表了臺灣知識份子良知的覺醒。

其二，陳映眞擁護現實文學具體的行動，展現在他對黃春明、王禎和、謝里法、王拓、楊青矗、宋澤萊等人的推崇上。陳映眞對黃春明、王禎和……等的推崇保留在人道精神的顯現上。他們這一代的小說家開啓了討論現實現狀的新作品題材取向，向禁忌做了低調而有效的突破。縱然文學的風暴沒有從他們的身上爆發出來，無可否認的，陳映眞承認他們引導火種走向起爆點有不可磨滅的功蹟。進一步便是他特別褒揚了王拓、楊青矗、宋澤萊等人有鮮明現實色彩的文學了。

雖然陳映眞本人的創作還謹慎地保留不進入這麼直接尖銳的題材裏，也保留了技巧上的尊貴，但他渾然忘却自己是技巧優越的小說家，虛心地禮讚王、楊等人揭示人道精神的勇氣，這足以說明陳映眞人道文學與現實文學結合的批評觀是俐落得不附加任何零搭的。

民族文學的建立

剛開始容或在摸索在試探而扮演具有殺伐氣的破壞角色，但我們從他掌握到現實文學與人道精神的結合時，可以看出陳映眞的評論方向已經走向釐清而邁往建立自己理論體系的階段了，而且他這樣的漸進式的評論從他作品的本身便可以找到非常明晰的理論次序。換句話說，當我們分析過陳映眞釐清階段的文字之後，我們並不難發現陳映眞對臺灣文學的理想藍圖了。

雖然陳映眞相信文學思潮的演變有明顯地被社會帶動的迹向，但我們仍不可忽略文學也有洞燭未來的欲望和企圖，文學並不是全然被動的。在七〇年代的現實文學抬頭以前，在鄉土文學論戰爆發以前，陳映眞多半還在專心釐清文學重建的一些意識障礙，直到論戰期間，他才公認揭櫫「建立民族文學的風格」的旗幟。不過這樣的主張在陳映眞絕不是偶然的興到神來，而是他文學信念的凝結，早先他已有不少形諸文字的主張透露這種信念。一方面憂慮分離主義的抬頭，一方面他不遺餘力的闡發重建民族文學的氣度胸懷。早在『試論陳映眞』一文中，他便指出由於國家躍向現代化，在歷史上必然出現的「混亂、落後、苦難」的陣痛現象掩蓋了眞正的中國面貌，使得「小市民的單純的民族主義和愛國主義」在「地動天搖的過程中幻滅了、挫折了」，進則在「歷史急流中迷失了自已原有的位置和方向」，結果產生了「孤兒」、「棄兒」意識而走向「分離主義」。當然他也坦率地指出部份大陸人由於承繼了「前近代的大華夏主義的惡遺留，也助長了分離主義的成長」。這是他自剖性的批評，甚而他曾經爲這樣的迷惑反覆呈現在他早期的創作中，付出了可觀的代價，因此在他試圖爲自已的文學論建立一點基礎的時候，他便有了比較具體的期待和憂慮。

從『原鄉的失落』（試評夾竹桃）及『孤兒的歷史和歷史的孤兒』兩篇討論鍾理和和吳濁流兩位前行代作家作品的文字中，我們深切地感應到陳映眞這方面的憂慮和期待。他對早期的年輕時代的鍾理和在「夾竹桃」集中「以犬儒的、嘲弄的語言」深惡痛絕中國可悲的落後和貧困至懷疑、「拒絕承認自已在民族、人種上和中國人有相同的地方。」指出這是鍾理和一代身處殖民地的知識份子的「民族認同發生了深刻的危機」，是新生代的臺灣知識份子「對前行代臺灣文學家的再認識、再評價」前應該有的清楚認識。誠如前段所述，陳映眞承認這是「近代中國分娩前極容易被誤認的假象，特別是受到重大創傷的殖民地知識份子落入分離主義的情緒，是有充分的被諒解的權利。但是陳映眞在期待「新一代的」、「能進一步超越」的、「以虎嘯鷹揚的主體意識介入新興中國的建設」的知識份子，「能正確地領會鍾理和一代的挫折的經驗」，才不得不指出這羣受創心靈可能有的錯誤。

相對的，他對率先喊出「孤兒」、「庶子」名號的吳濁流，卻耐心地爲它形式的「粗糙」辯駁，只因爲在「亞細亞的孤兒」故事的結尾，胡太明「覺悟」了，「他在壁上題寫反詩，在囈語中惡罵日本統治者和漢奸份子」，「作者終於暗示太明佯狂，避過人耳目，又偷渡中國大陸，在抗戰中國的大後方，積極爲抗日民族戰爭，貢獻他的力量。」對於分離意識極爲濃厚的「亞細亞的孤兒」，只因爲它的結局隱約暗示了中國新生的希望就獲得陳映眞無條件的推崇，我們便可以知道陳映眞對民族新生跡向的希冀是多麼殷切了。

不過「民族文學」的呼籲出現則是在論戰以後的事。在公開呼籲民族文學以前，陳映眞已經對民族文學的出場做了相當多的舖路工作，包括對現代主義毒素的揚棄、帝國主義陰影的掃除，而對現實主義以降的尋根熱和面對眞實良知的理性呵護，在在顯現了他對民族文學種苗誠敬的培護之心。或許經過烽火連天的論爭之後，民族文學的面目和必要已經相當清楚地展現在新一代年輕知識份子的良知靈明上。但是誠如臺灣文學過去一段段坎坷的命運，在付諸實踐的道路上還需要「做永不疲倦的奮鬪」。不過透過這三個階段的澄清步驟，陳映眞的文學理論可以說已經建立了可以自足的初步規模，雖然他很果斷地捨棄了許多對臺灣文學而言次要的問題。但做爲評論家，能堅持自己的理想，循序建立自己的文學陣線已是十分難能的。

做爲文藝評論家難免有其不可避免的偏執，然而偏執如果是出自良知的呼喚，出自可以眺望的憧憬，偏執也值得讚美。誠如陳映眞替自己的評論集所取的名字一樣，陳映眞的理論體系難免保有知識人的偏見和執着，不過那是自知的無法逾越的生活偈限。好的是他有勇氣認識自己，他不藏拙，譬如他誠摯的讚美王拓的『金水嬸』，宋澤萊的『打牛湳村』，便是他自知他們所具有的陽剛猛力是他所不能及的，因爲他不能喪失知識份子的優容，正如他源自知識份子良知的堅毅一樣必然。

從七〇年代初期開始，臺灣的文藝活動面臨渾沌將開的局面，理論的建設和實際的創作分別佔有一定的重要地位。在理論方面固然許多爭議性、論戰性的文字曾經產生過某種程度的影響力，但是堅定地尋向體系的建立的評論家終是鳳毛麟角。陳映眞的出現雖然稍晚，但是短短數年間他能夠堅定地執着一角，扼要地指向文藝活動的核心，開始經驗批評的先河，自有他批評上應有的地位。

張文環的「滾地郎」

戰前代（日據時代）的本省籍作家，或名噪於彼時，或獲再認於此時，他們在文學上的成就都已得到普遍的關注。但時不我與，隨着時光的流逝，也已日趨凋零。光復後能擺脫日文的羈絆重新用本國文字筆耕不輟的可謂已不多見；三十年後的今天，仍然在文壇上出現新作品的，更是鳳毛麟角。之間，成名於戰前，沈默了卅年，又能重拾彩筆寫長篇創作——滾地郎——的張文環（仍用日文寫），無疑是一個異數。曾幾何時，老繭成了新蠶，隔代的智慧，吐的絲色澤也不一樣。

雖然和大多數老一代省籍作家作品所具有的特色一樣，『滾地郎』也以日據時代的臺灣社會爲背景，但以主人翁陳啓敏（隨義弟改日本名字爲千田眞喜男）一身串連三代的故事中，「日人統治」只是一片大而模糊的背景，近乎瑣碎的筆法，主要還是爲了交待當時的民間習俗、生活形態和道德價值觀。而常爲省籍作家所推重，和一般文評家視爲日據時代的臺灣文學中最重要色彩的抗意精神，反置闕如。這對以「作品有濃厚的民族意識」（葉石濤語）見稱的張文環來說，應該不是淡忘疏忽，而是另有所指吧！

作者塑造的「千田眞喜男」在泥地中打滾的一生，恰是那個大地人羣的縮影。生父陳進財，是一個沉緬於「熱鬧的藥」中的酒鬼，却一口氣生八男三女，註定了眞喜男成爲別人養子的命運。在收養養子只是爲了迷信「抱養兒子，立刻就會生弟弟」的時代，可憐的啓敏只在「效用」沒有消失前，以短暫的「少主人」身份過了他一生中曇花一現的黃金歲月。當眞的不負衆望，招來了弟弟後，做爲「養子」的效用就消失了。不幸又因無意中踩了弟弟，讓人誤認爲他是嫉妒而企圖害死弟弟，受了一頓幾乎喪命的毒打之後，在養家的地位一落千丈，連傭人都不如了。爲了不惹人厭，他寧願上山砍柴。自始養家經營的商店和他就沾不到邊；或者可說他性本愛山丘，在山上他是自由的、快樂的，和山上的孩子玩在一起，他是屬於山上的，當陳家收回了水田之後開山闢田的工作也加在他身上。直到一個偶然的機緣娶了命運相同的養女秀英之後，分得了一片土地——一甲山林，也就決定了他一生不離土地的姻緣了。仗着一片土地，他成就了一個和樂的家，由於克勤克儉、勤奮敬謹度日，終於這個昔日在地上爬的人，從土地中站了起來，成了人人艷羨的自耕農。從寂寞又沒希望，對送葬的行列「羨慕得很，看棺材也不怕，覺得好好地死去被人哭也是愉快的一件事」的六歲開始，到梅仔坑的醫生都說：「聽說千田先生相當有錢是麼？」這一辛苦的歷程，仗持的信念是「只靠土地，認眞地工作，這才是開拓人生唯一的路」。他有田有地，還不是這塊愁苦大地上最不幸的人，張文環亦無意藉他表達悲苦，但養子對養女，同是被遺棄人種的結合，在土地上創下了新生，滾地郎出了頭天，這不正是張文環隱藏在內面、不易被捉摸的「大陸樣謎」的謎底嗎？

「千田眞喜男」和他這個名字被付與的笑謔一樣，他憨厚善良逆來順受，從不爲自己的不幸怨怒，任何小小的喜悅都可以讓他感激一生。不但對養父信口佈施的田地感恩，就是秉公處理的日本警察、協助他太太生產的產婆、替他女兒看病的醫生、光臨女兒婚禮的訓導弟弟……一概都在感恩之列。過份的善良，眞令人爲他擔心要因善良而受害，但也許天公疼憨人，他以感恩的心情看世界，世界也未摒棄他。柔弱生之徒，在迫害的夾縫中，爲生命之高貴，不惜以低下的姿態積沙築塔，這不是殖民地時代的臺灣同胞受盡折難，猶能強韌生存的秘密嗎？

過去以日據下的臺灣爲背景的小說中，本自民族大義，對異族統治者的譴責、控訴，一直是主要的基本色調，原也無可厚非，畢竟這是長夜的陰霾和難癒的傷痕。但是除了這些應該還有，到底在異族的鐵蹄下，捨開政治的有機活動，大部份的百姓過着怎樣的生活？無疑也是這段背景的文學中重要的一環，『滾地郎』適時堵住了這道缺口，自有深意在。

幾乎是不避瑣碎地，從陳啓敏的養父母陳久旺夫婦身上，作者有意描寫彼時的結婚禮俗、婆媳關係、養子女的習俗和喪制等。寫到啓敏的妻子秀英時，又有意將養女地位、小商店的經營形態、社會經濟結構等耐心地描述。這些從整體看來不甚重要的細枝，反爲作者特意着墨，顯而易見地，本意還在保存過往的一段古文化、古民俗。光復至今三十餘年來，社會經濟結構大變、民情民俗大受影響，再之外來文化交相溶入。這古老但從容而優雅的一頁已經式微，張文環既着意及此，自然也就無暇顧及文字小節了。

除了顯現民族大義，對異族殘害的譴責小說之外，以日據爲背景的作家，不厭其煩地勾勒的，怕只是「御用紳士」的走狗嘴臉。對有冤無處伸、受盡迫害的臺胞而言，這比異族的迫害者還可惡。張文環寫『滾地郎』本意不在譴責，自然對所謂走狗亦另有其見地，與其說明嘲諷，毋寧說偉大憐憫的包容。啓敏的義弟武璋，在日人制式教育下，本是極優秀的青年才俊，不但榮膺名位甚高的「訓導」職位，並且率先在梅仔坑改日本名字。當他在師範學校就讀時，是多麼趾高氣昂於其義兄，甚至故意說啓敏隻語不懂的日語以示驕傲。然而當他獲悉日人節節敗仗的消息時，却暗地裏學習北京語、英語，這樣一個善觀風向的政治測候員，終於回望他站在泥地裏紋風不動的義兄，是可恨？是可憫。前倨後恭雖或是人世炎涼本態，但對於這種「勝利」，淳厚的啓敏還是渾然不覺。撇開政治的牢籠，御用紳士的可恨可惡亦未必如是之甚也，張文環是否也試圖告訴我們這些呢？

或許潛在內底裏，作家都有補償日人拒絕臺胞參與政治活動的報復意識，所以大部分以日據爲背景的小說中，都選擇政治意識的挫折爲小說的主題，尤多偏重於日據末期，日人瘋狂大舉投注戰爭之際，對吾民生命財產造成的迫害，社會衣食無着的貧困，無辜青年被逼上戰場的慘狀；

疲病之境、離亂之情，最是爲作家百寫不厭、作爲指證的題材。一般說來，因爲它是久蟄人心，怨怒所積的大爆發，很容易獲得普遍的共鳴。可惜一涉及「政治」就難免用知識階層的眼光來分析事理，所以這類作品固然也是重要的一型，然就整體而言，却只是代表了知識階層的覺醒，另外還有受害更深、人數更夥的非知識羣體呢！據楊逵的回憶，臺灣農民亦有覺醒，亦有抗意行動，但這並不是大多數的農民，大多數的農民由於秉自傳統文化中溫和的一面，不擅於積極爭取參與有機的政治活動。他們是沈默的大多數，然而他們呢？他們在這極其惡劣的環境中又過着怎樣的生活呢？也不容文學漠不關心。在前述型態的作品中，已間有一二提及者，但像『滾地郎』完全將筆端縈繞在一個泥地中打滾的人却不多見。啓敏的一生，無疑是異族鐵蹄下多數農民的縮影，像接連不斷從土裏冒出來的新芽一樣，何嘗想到那土地是否貧瘠，他們只知要發芽、要茁長，他們要頑强地活着，他們無言，但你可能知道他心裏想些什麼？對久經喪亂的民族，這實在不是三言兩語就能解釋的謎。萬物生生不已，每一塊土地都有其此仆彼起的屬民，文學若要找時代的見證，豈能只找花，而不顧草？『滾地郎』要說的，是這些吧！

讀「葉石濤台灣鄉土作家論集」

『臺灣鄉土作家論集』是葉石濤的第三本文學評論集子。在今天大家所謂的第一代作家當中，葉石濤文學無疑是個奇特的存在，從日據時代的末期開始寫作，直到現在，還保持不斷的讓人驚喜的創作力；從日文寫到中文；從浪漫到寫實。他自己一直認眞地認爲眞正令他醉心的是「小說」，誠如這本集子的自序裡，他還直說「我以爲寫小說才是我的天職呢！」，「寫論評只是我業餘的消遣」。可是今天的文學界一談到葉石濤，大家早已習慣把他和「評論」兩個字聯想在一起，結果害得他本人「始終在小說和論評之間，猶如鐘擺一樣，擺盪不停」給搞糊塗了。

如果我們細心回想那個令他「糊塗」的原因，我們會發現在那個鄉土文學會誤點的時代裡，葉氏並不是眞的糊塗了，他是拔筆當劍的唐・吉訶德。這裡就乾脆套用臺灣鄉土作家這個名詞好了，所謂的第一代臺灣鄉土作家們，他們的起步、他們的成長，實在是一段令人不忍回省的艱苦和孤寂歷程。漫說嚴肅的批評制度或批評風氣，連那個時代慣見的捧場性質的介紹文字也沒有幸運降落這些寂寞的鄉土作家身上。在那樣一個連眞誠的詮釋都荒疏的時代，葉石濤一邊創作、一邊爲他的創作夥伴們打氣，像個獨行俠士。一方面以他的淵博閱歷引介帝俄或歐陸的經典作品精華，一方面忙着造鏡子讓伙伴照照自己的形像，這段繁複而忙碌的文學旅程難能地爲他自己留下了五部小說集之餘，最重要的還是這一部『臺灣鄉土作家論集』，不但記錄了和他一起在文學陣線上孤苦奮鬪的伙伴們一頁慘淡經營的史實，並且首開臺灣文學嚴肅批評風氣理論和實際的先河。

葉石濤的三本評論集由『葉石濤評論集』，而『葉石濤作家論集』，再縮小範圍爲『臺灣鄉土作家論集』，範圍愈縮愈小，實際上這後面一本『臺灣鄉土作家論集』就是前面兩本集子精緻的化身，網羅了他十幾年來剖析臺灣鄉土作家的大部分重要作品（其他有關世界各地作家、各國文學的評介文字將另外集成專書出現，還有另一部份有關鄉土文學的討論文字正在另家出版社排印中）。這件事有兩層意義：首先證明了葉氏在光復後率先再認的鄉土文學經過了十五年的歲月，已被肯定是臺灣文學中最重要的一項質素；其次當年默默耕耘的鄉土作家的努力已由葉氏率先肯定。我想除了前述的俠士性格之外，葉氏獨特的鑑賞法眼也是確立他論評地位的最重要原因。

這本論集中，除了以剖析五〇年代到六〇年代活動在鄉土文學舞臺上的重要作家，和評述了這個階段文學活動的主要取向，是有關光復後臺灣鄉土文學最珍貴的文獻之外，支撐這本集子大樑的應該是目錄中排列在前面的兩篇作品。之中『臺灣的鄉土文學』一文刊載於五十四年的「文星」上，是光復後第一篇公開指出鄉土文學是臺灣新文學運動以來的主要潮流、並就鄉土的命意上指出光復前後的臺灣文學精神道統上的延續性的文字。對懵然於光復前臺灣新文學運動的當代作家而言，無異是醍醐灌頂，甚且我們可以肯定這篇文章埋下了十年後鄉土文學爭論的火種。或許迷惑於現代主義一下找不到出路的新生代作家，直接接受了鄉土二字的啓示，並進而注意到日據下新文學作品的蒐輯、整理，構成七〇年代臺灣文學畫面的幾條主脈胳，已在這篇文字中畫好了。誠然我們從葉石濤近年來的言論可以看出，他無意把鄉土當成一種宗派，甚且早已有超越鄉土二字表面拘限的呼籲；我們也不必在鄉土文學論戰之後，把葉氏當成先知或了不起的預言家看待，然而當我們回顧論戰倒數的前十年間，臺灣文學陷入盲目的試驗和掙扎所投擲的人力、所浪費的時間，我們便不得不檢討迷失的傷害，而感應到誠摯的理論探討對文學的必要了。

當葉氏再寫『臺灣鄉土文學史導論』的時候，已是鄉土之戰爆發的前夕了，葉氏眞像個不得不叫人承認的預言家一樣，已經預測到鄉土文學的浪潮到來，勢必要引起一些反對者的猜疑，乃預先對「臺灣鄉土文學」一詞的命意做了精確的闡釋，從血緣、地緣縱橫兩面說明臺灣鄉土文學的歷史感和特殊性，再次從文學使命上交待了荷蘭時代以來蘊含在臺灣文學中一脈相傳的血流關係，堪稱是臺灣文學有史以來第一篇完整的史論。這篇文章如果配合前述『臺灣的鄉土文學』一文閱讀，差不多就可以完全瞭解臺灣鄉土文學起源到成長的理論根據和一些實質上的成就了。同時，在葉氏眞正的文學理論集出現以前，我們要想瞭解葉氏批評的理論架構也可以從這兩篇作品裡找到。

從日文小說創作到中文小說創作，再從實質批評到批評體系的建立，葉石濤文學經歷許多層次的變化，其中建立在使命感上的寫實文學觀是他論臺灣文學最重要的一項題綱。他提倡鄉土文學、提倡三民主義的民族文學，無非都是這個觀點的衍生，這本涵蓋繁複的鄉土作家論集，實際上也是這個觀點發展起來的。誠如許多非難寫實文學的說法一樣，寫實文學有它不能完全涵蓋的文學面，但是如果我們仔細讀過『臺灣鄉土文學史導論』，將發現臺灣新文學從寫實出發，不知繞了多少崎嶇的路又走回寫實文學的路上來，是有其地理上和歷史上的特殊背景的，葉氏根據這點逐步落實的批評旨趣，證明他有脚踏實地建設臺灣文學的先見之明。在自序裡，他承認這是評論家不可避免的「偏見」，但是經過鄉土文學論爭的釐淸之後，我們可以肯定這個「偏見」仍是我們未全力實踐的出發。讀完這本集子，我們也感染了文中殷切的期待。

「朝鮮的抗日文學」簡介

『朝鮮的抗日文學』是現任高麗大學國文系教授宋敏鎬記述日據下的朝鮮作家詩人們，以不屈的精神，以熱淚、以鮮血反抗日本帝國主義者殖民統治的劫難史。根據歷史記錄，朝鮮民族是我們的兄弟之邦，在近代史上，尤其是和日本人的相對關係中，和我們臺灣的命運更是特別相似。但是誠如本書譯者鍾肇政所言，對於這麽一個和我們關係密切的友邦的瞭解，「幾乎到了令人抱憾的地步」。這一部朝鮮人的抗日文學史，除了積極地讓我們多知道朝鮮人在暴政下艱難奮鬪的一頁史實之外，我想更重要的是提供我們一個自勵和檢省的機會。當我們讀着一羣陌生的名字的時候是不是會讓我們想起，原來這並不是陌生的故事，在淪日五十年中，我們的文學先驅們是不是也走過相等艱辛的步伐？

一點兒都不錯，有壓迫的地方就有反抗。朝鮮民族從一九一〇年八月淪爲日本人的殖民地開始，整整過了三十六年高壓統治下的黑暗悲慘生活，再粗心的人也可以想像得到，這之間一定有一連串的可歌可泣的流血抗暴運動發生，正和臺灣淪日五十年間三年一小反、五年一大反的抗日運動的情形相同，有慘烈的犧牲、有屢仆屢起的反擊，但是結果也一定會在小大懸殊的情況下被入侵者以對待異姓民族才有的殘酷手段挫敗。但這樣的挫敗不是永遠的，文人詩人尤其有這樣的信心。因此我們讀歷史的時候便常常會發現這麼有趣的爭執，强大的入侵者往往不以軍力佔領的大片土地爲滿足，反而念念不忘拿筆桿的弱小文人的那顆心。在這個方面，好像古往今來的侵略者都有着共同的默契，但也這麼巧妙地，從古以來的文人的心也有良好的堅毅回應他們。

這好像已經告訴我們，文化或是應該直說是更富於隱蔽方便的文學，經常成爲民族生命的最後據點。我們從雙方拉鋸性的爭執中，或許才能恍然悟出文學可能顯示的眞正力量。在平和的時代，文學或是文學家，在整個社會的環扣中，常常被誤認作消極、可有可無的角色，但是在國家民族的絕續存亡關頭，文學家堅持的節操，或許正就挽救了一個國家覆亡的劫難。這本「朝鮮的抗日文學」就是站在這個觀點上，敍述日據時期的朝鮮知識份子們如何在帝國主義猖獗的時期，對抗帝國主義以消滅殖民地人民文化做爲長遠佔領的惡毒用心。

日本人佔領朝鮮後，在文化政策方面正是採用世界各帝國主義同時期在全世界所犯的相同罪行，透過檢查制度進行言論彈壓，剝奪言論、出版的自由，巧立許多名目達到控制言論的地步，目的當然就是封鎖被壓迫者的舌喉，進而消滅被壓迫者的民族意識。但是文學家們絕對不會輕易放棄他們的據點。正面的，他們面對警告、禁售、罰鍰、禁止發行、查扣、沒收的迫害手段時，他們勇敢地據理力爭或迂迴轉戰的苦心和毅力，實在不亞於執戟荷戈的武士那麼令人敬佩。當我們看到「開闢」雜誌「雖前後受到三十二次行政處分，依然不改態度，更於大正十四年（一九二五）八月號上刊登『在海外人們的回憶』特輯，雖經停刊處分，但期滿後立即又復刊……」的一段記載時，我們可以確信這實在不是文人的固執而已，他們所以選擇走這麼荊棘的道路，實在是爲了維護民族思想的一絲血脈。

間接的對抗方面，我們可以看到這些作家們幾乎是挖空心思，透過他們的詩、他們的歌，他們所有的聲音和文字，傳佈他們國土被兼併的憂憤，傳達他們激越的民族情感，表達他們永不屈服的抗議精神。我們可以從這本作品中看到他們不管用什麼形式、什麼姿態，從頭到尾抵抗的火燼都沒有熄過。隨着時間的轉變，帝國統治者迫害的手法會有不斷的修正，但是基本的以消滅文化爲消滅一個國家的基本程式是不變的。當我們看到一代代「一心想活得像個朝鮮人的作家」出來對抗帝國統治者，不懼牢獄、不惜生命的抵抗時，令人深深感應了他們爲文化滅亡、民族意識喪失的恐懼，他們堅持朝鮮的語言，透過文學、透過戲劇盡可能地顯示屬於朝鮮的一點眞實，實在不是爲了戀舊懷柔，誠如劇作家李致眞自己說的：「當時彈壓甚爲苛酷，將解剖刀深深探入我們的現實生活已屬不可能。故此，做爲一個作家，……，這實在是遺憾的事，也是一件屈辱的事。」撇開作者對自己的自責，我們可以完全瞭解文學透過纖小的筆維護民族意識和抵抗暴力侵略所盡的苦心和艱難了。

透過這一本三百頁的朝鮮抗日文學史，固然展示了朝鮮民族在日據三十六年爲中心的文人抗日史實，但事實上，這本書的意義還可以提供我們兩點感觸。第一，一八九四年的甲午事件使得臺灣和朝鮮先後落入日本帝國殖民地的命運，在爲時幾至相等、歷程幾乎相仿的掙扎過程中，我們也有一代接一代相等可敬的文學鬪士爲保存我們的文化命脈、民族血流，做過毫不遜色於朝鮮人的努力。我們慚愧地才剛剛起步，把這些作品從舊書舖塵封的閣樓中找出來，類似的研究根本不要談了。我們從宋氏這本書中所引藉的資料說明，我們更發現這類的研究著作相當可觀，不但是個別作者的研究、或專題、或史的研究，光看目錄就够我們汗顏。我衷心希望這一本『朝鮮的抗日文學』能帶給我們重大的衝擊，加緊脚步。

其次，這本書的原名雖是『日帝下的韓國抵抗文學』，而且作者的原序中也特別標示「本書是以日據三十六年間的文學爲中心來討論」的，但是如果我們細心一點便可以看出這個作品的背景實際上是這個世紀以來典型的弱小民族尋求現代化和民族獨立雙重辛苦的縮影。這類國家共同的難題，外面有帝國主義的壓力、迫害、阻撓；對內又得面對封建勢力和愚昧、迷信、守舊的多重困擾，所以「抵抗」二字的意義並不完全像中譯詮釋的「抗日」二字那麼單純，它應該廣泛地包括了朝鮮知識份子透過文學尋求民族成長、國家獨立的全部心聲吐露。如果我們站在這個意義上來看日據下的朝鮮抵抗文學的兩大主題——反封建、反帝制，正就是日據下臺灣新文學的共同主題。如果我們不忘記太平洋戰爭時一本世界弱小民族小說選的作品中，同時選了臺灣和朝鮮的作家，我們可以肯定朝鮮抵抗文學的內容，應該有比抗日更寬大的解釋，它應該是從文學來反映的世界弱小民族奮鬪記錄。所以除了文學的意義之外，我們似乎還可以從這樣一部以文學工作者活動爲骨幹的作品中找到所謂弱小民族從爲反叛而抵抗到强烈的尋求新生的憧憬，實際上就是結合了全世界弱小民族的共同心願。縱使他們的憧憬不一，包括被譯者爲某種理由略去的一節在內，他們卽使在悲哀的深淵中却絕未失去希望。正如詩人陸史的「曠野」所述：「在這裏　我播下貧瘠的歌之種籽　當再一次　千古之後　有跨在白馬之上的超人　來到這曠野　暢開喉嚨歌唱」，可見我們不該把這本書只當文學史讀。

經濟強權下展現的人道精神

——李雙澤「終戰の賠償」

『終戰の賠償』，從極富戲劇性的題目開始，就以幾近頑皮的嘲諷筆調貫穿全文，使得這篇三萬多字的小說成了緊密而無懈可擊的有機體。雖然嘲諷不是萬靈丹，但是對作者所要示現的、繁複而嚴肅的批判性主題而言，這似乎又是最美妙的裝飾。我們不能否認在嘲弄諧趣的文字內面，作者嚴肅的人生照應才是這篇作品眞正吸引人的地方。但是我們同時也不可忽略，作品本身顯示的多層次的人生意義，和作者所强烈示現的新生代靈魂的道德批判，不是如此迂迴的安排便無法達到這麼合理的結果。就其所發揮的外在張力而言，這篇作品的確達到了短篇小說所能到達的極致。

這篇作品是以存在菲律賓社會一角的中、日、菲三民族、戰前戰後的地位，透視亞洲民族三十年來命運的轉機。在作者筆下的菲律賓人，不管戰前戰後，始終都是在工商先進國家强權經濟體制下飽受剝削壓榨的對象，這一切並不因太平洋戰爭的勝負而有絲毫的改變。戰時殘酷狡詐的日本皇軍，戰後挾其快速成長的經濟優勢，展開無孔不入的侵略，很快地又掌握了落後地區的經濟命脈，只是換了一副假冒慈善的觀光客面孔而已，他們依然高高騎在非人的頭上。當我們看到「豐田牌」冷氣車無遠弗屆地驅馳在非國的土地上時，實在不亞於戰時皇軍的坦克車。菲律賓人在太平洋戰爭期間殘酷而慘烈的損失並無改於他們的命運，一切成了毫無代價的犧牲。因此李雙澤以『終戰の賠償』畫龍點睛地揭露戰後帝國主義侵略的罪行，發揮了一種超乎民族情感的人性良知，散佈悲天憫人的人道精神。同時作者也無私的指出，到此落地生根的華僑普遍地患有投機騎牆的性格，雖然他們有他們的無可奈何，然而他們並不十分值得同情，倒是作者在後記裏提到的兩萬名喪生異地的臺灣人，成了異域漂泊的孤魂，他們為誰而戰？為誰而死？因何落得魂歸無處？作者雖然不在情節中安排這些，但是我們知道作者眞正動心處還是在這裏。明目張膽的侵略者有人立碑憑弔，眞正的無辜成了野地游魂，「賠償」從何談起呢？

雖然這只是一段發生在菲島的敲竹槓事件，但當我們看到戰歿菲律賓的日本皇軍遺族以觀光客的身份介入這個地域時，無疑就是看到了戰後形成的經濟帝國以其沒有火藥味的武器再度入侵鄰邦的可怕陰影了。當强大的優勢經濟侵略者公然以其優雅的姿態入侵，被侵略者還得收斂起對歷史祖先的良心向些許「糠米腥」鞠躬膜拜。作者以游俠的性格，路見不平拔筆揭發，是不是有點物傷其類、兎死狐悲呢？值得我們深思。

從頭到尾，作者沒有用一個口號、一句挑逗性的字眼，只是透過一個有趣的觀光事件，就關係人物的描述，就强烈地傳佈了這個訊息，除了具備特別敏銳的觀測力外，我想特別應該闡明的是作者能跳出狹小的自閉的樊籠，發揮第三世界新生代精神連繫的共鳴。作者雖沒有明說，但是從他蓄意對美金的嘲諷上，明顯地看到他對戰後强權經濟的鄙棄和厭惡。李雙澤在這篇作品裏雖然不特別標明什麼招牌性的主題，但我們從他多元性的觀點輻湊下得到的是對明日世界的强烈關注。

奔向明天的夜車

——陳映真「夜行貨車」

陳映眞的小說差不多都是依照嚴密的思想理念設計出來的。這樣的作品，卓越的文字駕馭能力和高度精密的小說技巧成爲不可或少的條件。『夜行貨車』是個緊迫濃縮後的巨型短篇，處理了一個十分龐大複雜的題材，在技巧上尤其是重大的考驗。藉着一個跨國公司設在臺灣的營業機構裏，幾個中國職員間的生活態度；陳映眞架上民族主義的顯微鏡，不但展佈了强大的經濟帝國勢力下，因爭逐眼前利益而喪失做人尊嚴，甚至民族情操的病態現實，從而試圖透過一樁男女職員間的愛情公案剖白臺灣社會三十年來存着的歷史性的誤會。兩項貌似南轅北轍的指陳，從臺灣現實社會經濟發展最嚴重的一項副作用，到臺灣悲劇性的一段歷史，能够天衣無縫地串接起來，除了文字的技巧，最重要的還得借助作者長期而深遠的沉思過程。

從縱的歷史到橫的現實，『夜行貨車』經營的幅員，難免讓人感覺陳映眞似乎太過急迫地要把他十年間沉積的心得一股腦兒地渲洩出來；然而我們從另一個角度看，他能步步爲營，扣緊個個人物、每一細節的雕塑，掌握到無一無謂的情節，無疑可以諒解陳映眞是有意出個難題向自己挑戰。這篇十分廣闊的小說，每一個細小的部分都發揮它的功能，那麼恰好的像一部構造精細、效率奇佳的機械一樣，從裏到外連鎖地運動着，使得文字的本身亦有色澤、亦有生命。這是他過去所沒有的文字成就。事實證明他不只贏得了復出的信心，同時也爲自己的寫作生涯開拓了新的境界。

由於思路的敏銳，陳映眞早期的小說有若劍端的寒芒，陰冷逼人，雖然揮舞也能畫道見血的傷痕，然而基本上他有突不破的人生疑霧，像一重大的黑幕籠罩了他的外觀世界，因而發展了那種充滿感傷而步調凝重的作品。我們看得出來，這時，他雖然滿佈理想主義的熱切，然而他有兩項疑惑不能解決：像所有動亂中成長的一代一樣，他感染了「亞細亞孤兒」的歷史傷懷，成爲欠缺恢宏器度的閉絕自困的小知識份子心態；同時他又陷入知識份子孤傲的蒼白中，呈現一副驚懼惶惑的外貌，一切都顯得單薄而無力，欠缺實踐的氣魄毅力。難能的清冷尖銳終於不免要頹墮沮喪和絕望的結局。經過十年的深思，在『夜行貨車』裏，陳映眞內心的疑霧廓清了，他丟掉了「市鎮小知識份子」的侷狹，像似放下了一記沉重而悲哀的馱負，突然十分不一樣地輕快開朗起來，我們明顯地感覺到之間的變化，溫熱取代了生冷、寬厚換走了銳利，一口氣解決了黑幕般的人生困惑，變得可以毫不猶豫地肯定他要肯定的、擁抱他想擁抱的，篤定從容地走向陽光和煦的朗闊天地，所以他能率眞地檢討現實，也能够誠懇地面對歷史。雖然我們要承認這是一篇長篇題材濃縮得厲害的小說，但和陳映眞以往的作品格局比起來，由於胸中塊壘盡釋，這裏倒像是難得的開懷暢述，而出現了空前的壯闊。因此『夜行貨車』不但證明了陳映眞文字技巧更趨圓熟，也同時把他的小說人生帶向閃亮的明天。

『夜行貨車』只是平靜地展佈了此時此地開闊成熟的知識份子的胸懷，無意特別指責什麼，但是無疑地，這是許多人內心裏共同深思的一個焦點。在整個面貌複雜的大工商社會中，他從容地追索到根本的病源——强權經濟長久以來所佈下的陷阱，和我們在懵懂中失去的應有的自覺，完全是就現實社會的縱深和廣袤建立的立體縮樣。當我們試着去問：陳映眞在『夜行貨車』裏所要展示的是什麼時，我們會猛然醒悟，陳映眞只是淸晰地示現了我們身處的虛飄不實的時空架構，我們似乎唯有從鄉土母源的肯定中重建新的生存方向，讓歷史像疾行的『夜行貨車』向前奔馳——展示了一個誠摯的知識份子的良知和願望。

現代農民圖

——宋澤萊「打牛湳村」

從弱小民族文學、抗議文學，以至鄉土文學，這些記錄臺灣文學各個階段成長的代號，一直受到器度不够恢宏的非難，不管是有意的抑或無意的，『打牛湳村』的汪洋磅礡已經做了最有力的辯駁。宋澤萊的『打牛湳村』，一反傳統農民小說以個別農民或單一農民家庭爲對象的描寫方法，而擴大到農民羣生活體制的分析，這個獨特的着眼點，的確爲他的小說帶來了不平凡的意義。

宋澤萊從臺灣農村的橫截面上，毫不避忌地用俯照的態度，把一羣瓜農在時代的波濤中掙扎的圖像呈現出來，以農民羣體救贖的無望取代個別命運帶來的悲哀，造成强大的震懾力；其次他又從臺灣農村的演變坦率地指出一九五〇年代以後，臺灣農村雖然作了許多有利於農民的改革，但是爲了配合全面經濟計畫下訂定的農業政策，帶來的農產品商品化，使得農民陷在更深而無力自拔的困境中。宋澤萊以他對臺灣農村變遷的清晰認識，指出農民夾在時代滾動不已的鋁帶上幾近絕望的悲哀。雖然『打牛湳村』的取材是一個狹小的瓜農村的故事，但是透過作者清晰的歷史觀，明顯地透露了這就是三十餘年來臺灣農村的問題縮影。過去許多有關農民的小說，絕大部份都是從刻摹農民生活的本質，或者記錄了農村變化的一個斷面，從來沒有作品展開這麼深遠的批判。

表面上整個事件是在封閉的打牛湳村瓜仔市場裏發生，是「包田商」、「瓜商」這些代表商業都市文明的狡猾打敗了剝削了農村農民的樸實文明，但是實際上却是商業資本和有計畫的「組織」文明吸食農民的生活資源、吸食沒有組織的農民心血的殘忍行爲。我們從出現瓜仔市場的四種身份的人——農會職員、瓜商、小吃食商人、警察，可以看出一場表面上狀似公正的自由交易，實際上是黑幕重重的。農會坐地分贓、警察視非法的剝削於無睹、小吃食商人分一杯羹的心理、黑心欺騙的瓜商却大搖大擺；吸食牛血的牛蜂竟然是這麼大模大樣的！瓜農成了不知躲閃的笨牛了。我想資本主義的最大罪惡就在這裏了——把殘忍的廝殺合法化、把搶奪的行爲光天白日化。

追溯到這裡，打牛湳村的命運好像不只在「包田商」、「瓜商」的奸惡了，更應該追究的是坐落在臺北的中央市場，以及坐在中央市場上的「什麼」了……，這麼强大的力量農民能反抗嗎？嚴格說起來，『打牛湳村』可以說是以理性的認知所寫的近世農民血淚史，主要在透視今日農村根本的歷史性的悲劇命運之根。雖然宋澤萊有意以兩個農民兄弟的滑稽角色沖淡嚴肅的批判意識，增加小說的文學氣氛，但我們仍然不難深切地感應到它的指控力量。從作者所立的副題——笙仔和貴仔的傳奇，我們可以知道宋澤萊有意把這兩個逗留在農村的精英人物，塑造成試圖反抗這一體制的醒鐘，他們分別扮演妥協苟存和堅決對抗的角色，然而只能落得滑稽英雄的阿Q形像，衆人皆醉我獨醒，一絲緣自爲生存掙扎的淸醒力量，終不免被警察力量和農民本身的愚昧合力撲滅。

所以『打牛湳村』的可貴並不是他傳佈了這一羣瓜農的命運，是他道出了三十年來農民無知得近乎可笑的掙扎。瓜農如此，菜農、菓農、穀農，那一樣不是如此呢？傳統農民的逆來順受雖然發揮了農民本身的美德，也從這些美德中，農民樂天安命延續了他們不快樂亦不知悲哀的命運。但是宋澤萊以年輕直率的良知批判的不是農人本身的愚昧，因爲農人不可能自覺這些，他們除了自怨自艾就是逆來順受，他們無從知道這麼多。然而宋澤萊譴責了利用農人善良美德而實施有計畫、有組織地予以迫害的强大力量。雖然他沒有明白地告訴我們那個力量究竟何所指，但我們大家都能想像得到的。所以這篇作品的結局帶給我們的印象是農人無助絕望的悲哀，但作品本身發揮的勇猛的道德批判力却給我們無限溫暖的感覺。

血緣的尋覓

——陳鏡花「微細的一線香」

小說的形式決定內容，抑或內容決定形式的問題，其實用不着費神去認眞分辨，重要的是作者是不是有能力去凝聚作品中的眞實氣氛，和掌握內容對實質的有效批判力。『微細的一線香』，沉悶凝滯的文字氣流巧妙地推展了陰鬱黯灰的內容，固然令人激賞不已，但是這樣一篇作品的成功並不是完全仰賴這些表相的經營，眞正撼動人心的，應該是作者以年輕無畏的魄力透視了一頁滿是風漬塵埃的歷史，抖動了我們久已不欲掀露却亟應澄清的鬱結情感。不過，我們不可否認作者運用了靈巧的小說技法，以直述、倒述交錯互出，不規則的安排，非常有助於我們感應那種特別的情調氣氛。除了是一篇難得的形式與內容搭配得十分巧妙的作品外，還應該是鄉土題材嘗試以現代技法示現，而表達了其特有氣氛的成功例子。

透過一個破落家族三代人的生活寫照，作者企圖把臺灣社會從日據初期一直到光復後，這八十多年來的歷史做一總的結算。當然我們可以想像得到，這樣巨型的題材絕對不是有限的短篇篇幅所能容納的，在這一點上，作者發揮了他獨特而銳利的批判力，從經濟活動的形態把住了這段歷史演變的脈流，使這段漫渙無歸的歷史在他個人獨特的觀點下很有秩序的再現。根據作者的診斷，這個陰暗病態的家族一直遺傳着投機妥協和迂腐固執的雙重性格。面對現實的時候，他可能顯現投機妥協的遷就生活的現狀；可是一遇挫敗，馬上又都退避到自閉的「王國」裏，固執地執行陰暗的「王國」傳統體制。我們在這裏已經可以看出這不純粹是一個家族的歷史，而是我們社會的一項記錄。同時我們可以看得出來，這並不是個人性格的矛盾；在大現實裏，人所能攀引住的，是任何可能活下去的力量，然而每個時代裏都會有一股更大的力量否定一切，面對這股强大的力量，顯得張惶無助而退縮也是必然的。問題是我們從來沒有寬大地容忍過這樣的悲哀，因爲我們習慣稱殉死的烈士才是英雄，因爲我們很少從社會的有機結構去體認歷史的意義，作者這番見識才成了獨特的見解。

我們不妨問，這股强大的力量是什麼呢？當作者嚴厲地抨擊以餵飽錢囊、肚囊而沾沾自喜的現實主義者時，我們終於猛然醒悟，要想醫癒天生命定的失敗主義性格，唯一的有效藥就是民族的覺醒。在殖民體制下，無論在現實中如何委屈自己的性格，甚至不惜卑汚，終難免除落敗的命運，縱使回過頭來想接續「鼙鼓」那年代久遠的聲音也顯得十分迂腐可笑。實際上是我們無法體會失去母親的人在描摹母親形像的悲哀，這樣的思念容或淺浮，然而當我們看到光復後口啜清酒瓶、耳聽「何日君再來」的民族資本家理直氣壯地宣稱他們帶來的福祉，根本不自覺已在經濟的大輪下再度淪爲被征服者時，我們不得不因爲年輕的作者唱「我們隔着迢遙的山河／俱盼望着中國的土地」那樣無助、淒淸的歌聲而悲憤不已。雖然我們不能十分肯定，拒絕做民族資本家的劊子手、和接觸線裝書，到底能不能挽回我們血緣的親密，但是我們敢於肯定這樣年輕熱切的聲音可以敲動我們的心。

趕不上時代脚步的小人物

——洪醒夫「散戲」

獎，不一定代表作品的價值，但是洪醒夫同時以『散戲』和『吾土』進軍兩報文學獎，又幾乎雙雙拔得頭籌，能給人這麼整齊的評價，至少可以證明洪醒夫的小說已經有了相當圓熟穩定的風貌。洪醒夫過去的作品差不多完全不離臺灣農村裏的人與物，幾乎是執着地在浮現臺灣農民的生活圖像，我們可以相信這裏面一定有值得他深深悸動的某些質素。不過有一點倒是相當特別的，洪醒夫描寫這些令他動心的人物始終保持着十分冷靜旁觀的距離，從不給予主觀的價值判斷，更不用自己主觀的意念來推展小說的情節，這樣的文學觀要在臺灣光復後老一代作家的作品中才能找得到——以一生的作品烘托高遠的人生信念，在年輕一代的作家中無疑是風標獨立的。然而這樣的作法，一則有違短篇小說的原則，一則不適合參加作文比賽。所以『散戲』發表以後，許多人都試圖從這個上面去找短篇作品所要的主題，而得到『散戲』是惋惜歌仔戲沒落的結論時，曾引得洪醒夫氣憤不已。

恐怕也是由於相同的原因吧！『散戲』和『吾土』比較起來，『散戲』叫好的人多，只因爲它是純粹的短篇小說，容易讓人找到可以解釋的主題；『吾土』既深且遠，不從洪醒夫去了解『吾土』，光從『吾土』去了解洪醒夫，就難怪要責他這個故事說得太不漂亮了。『散戲』雖然寫的是歌仔戲沒落後演員的遭遇及心情，但基本上歌仔戲本屬農業社會的產物，所以『散戲』也可以說是洪醒夫農民小說的延長。歌仔戲的沒落固然是被時代淘汰，然而我們從中似乎也看到了舊社會崩潰的過程，時代往前推動，這一切原是必然的現象，然而趕不上時代步調的人無疑就要扮演時代劇中悲苦的角色。『散戲』戲中有戲，之中的演員們就是人生舞臺上的演員，洪醒夫以劇中的情節和舞臺幕後演員現實生活的插曲紛錯舖陳，製造出來的「混亂」意味達到了最巧妙的戲劇效果。混亂的本身不但將歌仔戲演員夾在現實生活中荒謬的生活本質突示出來，同時也對整個人生的不協調做了諷刺。平心而論，戲團負責人所堅持的信念並沒有錯，一點也不可笑，但是整個時代的力量，使得他的堅持成爲頑固守舊，甚至時代有力量迫使他放棄原則，向生活投降妥協。我們如果放下這個老頭守的是藝術信念的高貴想法，換上比較樸實的同情心——他們是在爲生活、生存奮鬪掙扎的時候，我們是不是要把笑聲換成淚眼呢？可以相信洪醒夫並不是爲歌仔戲的下場流浪漫的眼淚，他是在爲趕不上時代脚步的小人物傷懷。

在時代的震撼力下堅持信念的人，堅守自己生活陣線的人錯了嗎？但時代却給了他們最深重的懲罰——讓他們失去平衡生活的能力。揭開『散戲』的背景，這正是工商業發達後，農村保守的生存方式受到重大衝擊而有面臨解體的隱憂。但是不管是農民也好，或象徵農業社會的歌仔戲演員也好，他們所感覺到的只是現實生活咄咄逼人的壓力，他們並不知道太多的「爲什麽」。所以在「荒謬」的劇情中，『散戲』以舞臺幕後齷齪的演員生活強化了「生活」爲首的本旨，這裏面沒有特別指陳什麽或任何批評，正是洪醒夫保存了他一向的風格，還給這樣的小人物平實的眞面目。在寫農民、寫小人物的作品中，『散戲』的寫作方法是值得推崇的。此外，要說『散戲』不曾爲我們提供一點積極的人生意念也不對，「歌仔戲」的本身雖然令人產生沒有希望的傷感，但是我們豈可否認演員們以生存信心所宣示的生命信念?要知道洪醒夫一向就不主張爲他的小說「人物」解釋什麽，而只讓我們從他的小說人物去體會什麽。

成人的童話

——鍾肇政「白翎鷥之歌」

卡遜女士以『寂靜的春天』率先指責不負責任地濫用各種殺蟲劑，對自然的均衡發生了極大的危害，而被列爲「改變美國的書」。我們以同樣的角度來看老作家鍾肇政的『白翎鷥之歌』，可以看出之中所嘗試探討的農村汚染問題，無疑也是工業發達以來極尖端的社會嚴重病態之一。

不過鍾肇政無意使這篇作品完全落入環境汚染問題的社會討論，所以透過象徵潔白善良的季候鳥——白翎鷥的觀察，吐露的是對昔日農村清淨風土的思念。工業化、機械化之後的農村固然代表了快速和時光推展下自然的「進步」，但是我們從白翎鷥找不到蟲吃、找不到水喝、晶瑩可愛的溪水不見了、溪裏的魚蝦泥鰍不見了、田裏的許多小東西絕跡了……，這些可驚怖的事實，是不是應該驚悸工業化的代價是什麼呢？或是在時代的推進中，我們已經失去了什麼呢？我想最令人眷戀的該是和諧清靜的自然吧！「杞人憂天」是個笑話，聰明的作家一定不會妄想擋住時代而爲無可如何的事傷神，『白翎鷥之歌』就是那麼恰適其份地表達了這麼微妙、纖細的感傷和感想。這一切恐怕又得歸功於它獨特的優雅文體了，透過那幻夢式的文字和詩歌般的句調，形成了極爲特別的怨慕氣氛，說輕不輕、說重不重，剛好把親身體驗到的時代震動巧妙地寫下來了，像似一篇美妙的成人童話。

鍾肇政向來以氣勢磅礴的大河小說著名於世，在這些一連串的以臺灣戰前五十年間歷史爲背景的長篇作品中，他虔誠而準確地刻摹這塊土地上先民奮鬪的業蹟，固執地探索這塊土地的靈魂，略偏保守的風格奠定了第一代鄉土作家執着土地的風標，同時也確定了他臺灣史詩作者的地位，這是鍾肇政顯而易見的一面。在短篇小說方面，由於成品較少，一直爲人忽略了。其實鍾肇政在短篇小說方面採取和長篇迴異的寫作方式，有許多極富實驗性和前衞精神的作品，早期的『隘洪道』及『中元的構圖』都是很好的例子。不過嚴格說起來，鍾肇政輩的作家雖然能執着地執行護衞鄉土的使命，却是有意無意之間，總有避免以現實問題爲題材的禁忌，因此不管長篇也好、短篇也好，總要繞更長的路以更迂迴的方式來展示自己，或許這就是鍾肇政少寫短篇的原因之一吧！『白翎鷥之歌』是一個極爲奇特的例子，他竟然一改舊習，挑選了最尖端的現實問題爲題材，或許是他多年不寫短篇之後的「突變」吧！從前衞的文學技巧到前衞的現實關注的結合應該是鍾肇政短篇作品突起的高峯。

還值得特別一提的是，細讀鄉土文學受到爭論前後的所有作品，固然可以找到落實現實時空的現實主義文學的特點，但是明顯地也有隱憂，太過着重眼前的事實而缺少眺望、太重視眼前的訴願而欠缺人生的理想、太偏重譴責而忽略了前面的遠景。在這些方面，『白翎鷥之歌』似乎可以理直氣壯地做個示範。雖然並不缺乏譴責，然而它似乎更重視未來的遠景，而且一改對人或事物的片面關注，而投注在重大而廣泛的生存環境的大問題上，對我們現代小說氣魄的開發極具意義。

融入現實的脈跳

——鍾鐵民「秋意」

理智上我們相信文學沒有遺傳，不過細讀鍾鐵民的小說却令人拂不去從鍾理和那裏所得到的在任何艱難拂逆中都不失平和溫熱心靈的印象，也許這是由於他們父子之間有過一段共同擁有的人生歷煉吧！鍾鐵民早期的作品差不多都以農村、農民爲題材，在他筆下的農民即使是在貧困艱難之中仍不失樂承天命的傳統中國農民性格。鍾理和由於健康的關係、鍾鐵民由於職業的原因，雖然都沒有機會眞正成爲他們筆下的農民，但他們始終和農民生活在一起。在精神風貌上可以說已歸化爲農民了。因此不但在作品中出現的農民有他眞實人生的照應，甚或農民的血液已倒流在他們的靈魂中，農民生活的道德或價值取向很自然地顯現在他的人生觀照上。

所以沉寂了數年之久復出之後，鍾鐵民的作品，雖然不再完全注目在農民身上，但基本上還是農民文學的演繹；著重在工業入侵、農村受到重大衝擊而解體後，極需重建的景況下方興未艾的農村未來代所面臨的徬徨抉擇，這裏似乎同時貫入了農村、敎育、青年前途三方面的問題。如果先瞭解一點鍾鐵民過去寫作歷史的淵源，不但可以看出他這樣嶄新的取向是他過去文學的延伸，也同時可以睨出他的文學發展的新重鎭。在他已發表的三篇探討高中學生敎育爲題材的系列小說中，『秋意』是最具震撼力的一篇，也是最偏重向當今敎育問題質疑的一篇。但我仍然要提醒一點，這篇作品的舞臺依舊是以農村子弟爲主體的高級中學，和以農村子弟前途爲方向的探索，依然是他過去小說的型式新的延長。在强大的升學壓力下，來自農村的子弟除了從課業感受的競爭壓力外，恐怕還要多一重來自上一代務農父母藉讀書擺脫農人命運的期待，因而造成了敎育上許多矛盾和困擾的現象，也引發了敎育方針上令人疑慮的問題。

『秋意』裏面討論的「問題學生」與其說是獨特的例子，毋寧說是現代學生的一種類型，他不見容於現代的敎育制度和學習評價，他不見容於校規和師長要求的範式，但是人人都看見他的的確確有他可貴可取的許多長處，他的問題讓有良心的敎育工作者汗顏，讓所有的人爲這樣的年輕人的命運悚然心驚，他的行爲本身已經向我們現行的敎育拋下了極具諷刺的問號。爲什麼我們要把記住「產業革命發生在那一年」看得比卓越的領導才能重要？爲什麼我們要捨棄一個懂事明理、處事手段玲瓏剔透的年輕人，只因爲我們否認他爬圍牆、抽香煙？我們從來所强調的做人重於學問的敎訓哪裏去了？當然『秋意』是站在從事敎育工作者的敎師立場所做的檢省，看清了整個局面，虛假的外貌徒然帶來更深的自責，面對整個大的時代動向，「良心」徒然成爲無奈的負擔，蒼茫的傷感令人心頭泛起涼意，也不禁要向現代敎育提出沉痛的質疑。畢竟夾在政策與學生中間的教師是無能爲力的，本末不分、名實不符的教育政策成了最根本最原始的問題癥結。鍾鐵民的小說不曾有過這樣直指核心的俐落，不過文字上清朗中略見兩分自我嘲弄的筆調，很有助於淡化問題的犀利和芒刺，仍然呈現了他獨有的文字味道，可喜的是他逐步把從現實感應的脈跳注入他的文學裏，幫助他的小說輸入了最有力的質素。

寫實文學的新原野

——張大春「鷄翎圖」

『鷄翎圖』取材於軍人的生活。一九五〇年代後期陸續隨着部隊來到臺灣的一批軍人，無疑地構成了臺灣社會一特殊的層面，然而三十多年來，已隨着時光的消逝或退伍轉沒社會的各個角落、或老成凋零，這一層面正逐漸地凝縮而即將消失。但幾乎是同時，他們又以他們的生命或生存的意義以不同的形態再生、擴散，融爲這個社會的成員，自然也就成爲值得我們深深關懷的一群了。除了他們爲民族、爲時代所做的奉獻、犧牲應該獲得肯定外，以文學的角度看，是不是更應該記錄此一悲劇時代悲劇人物的聲音呢？不可否認的，那是我們過去一項不小的疏忽。張大春是現代作家中相當年輕的作者，他能够以嶄新的角度注目這一層面的人文風貌，除了表示他具備了特別敏銳的心思外，還尤其表現了新生代作家不平凡的道德信念。

軍人生活的外貌可以籠統地說是十分單調且具整齊的色調，假如我們不够細心的話，也可以籠統地以爲他們的心靈生活也像他們的劃一制服那麼齊整。如果我們不能同中取異，注意到大時代中個別生命的價值，不懂得尊重各個獨立生命的莊嚴，我們就不可能從他們平庸的外貌去透視他們深邃動人的內面。『鷄翎圖』的出現可以說是在這個粗心的時代裏發揮了文學特有的纖細。張大春能够從歷經㲄難的大時代濃縮的一個點上發揮，以一個飽經風霜、一身孤寂的老兵身世去映現一段多災難的時代，讓我們同時感應了一個不幸的生命和一個不幸的時代。

在這一篇節拍緊凑、篇幅精簡的作品中，作者以一個一生蒼茫的老兵對一群有名有號幻似他家族的鷄之間不尋常的親密情感，示現那被歲月流失得只剩鄉愁的空白人生。當一個人孤絕得必須把鄉愁、親愁、一切的情愛完全投注在一群鷄身上的時候，我們實難想像那是一幅多麼絕望、多麼令人心酸的人生圖像。在時代的㲄難中離了家、背了鄉，讓思念鄉愁充塞他一生的老兵，臨了只得把一切的思念、一切的情愁封閉起來，只能偷偷地暗中自欺地把自己照顧的鷄幻想成自己的親人家族，讓那對鷄群的撫愛呵護、喃喃的獨語暫解鄉愁、暫寄心靈。一個人無依得需要尋找一個自己就可以揭穿的假象來攀附時，我們應該可以感覺到那被封閉的情感有多深。張大春沒有用上一個煽惑的情緒字眼、或是任何巧妙的暗示，只是平實地交待老兵生活中的一個面，不但照現了老兵一生的滄桑，又交待了一段令人思緒翻湧不已的民族苦難史，主要的是他掌握了轉動時代的輪軸，不管時代怎麼翻轉，做人的條件就是最重要的。但人爲了虛無的假象而失去做人的眞實時，那就是悲哀來臨的時候了。『鷄翎圖』不但直指了老兵生命中的欠缺，也點中了時代的痛處。

我們從張大春蓄意製造的那一幕驚人心魄的場景，可以看出張大春眞正洞澈了老軍人內心的深處了。當軍部下達緊急調防的命令、養的鷄一律不准帶走時，表面上是張大春有意爲這篇小說帶來高潮，事實上這正是要引出老軍人生活中的眞正難處。正如他們木然的面貌所代表的歲月刻痕，歲月也讓他們的內心僵着了，但是所謂僵着，比較正確的說法應該是他們强制自己以理性封閉了自己的情感。文中的老兵一直過着半幻半醒的兩面人生活，他忘形地和他的鷄過回時光倒流的記憶中的生活，那是夢着那是幻着的生活，但是他又從不會誤班脫哨，他淸醒地謹嚴地守着軍人的規律，像個盡責的軍人。他能够靠自己的力量過着這兩面不協調的衝突性極大的生活，他的自制力就是他生活的悲哀與苦楚，他封閉得愈緊密也就愈增他生活的悲劇性質，因此當他面臨無法把鷄帶走又不願賤賣給鷄販的急遽而沸騰的衝突點上，正是他的理性和情感自我均衡的最重大的考驗了。作者安排這扣人心弦的結局，就是指出這個層面人物的眞精神。老兵以瘋狂的手段把三十幾隻親如家人的鷄連同鐵籠用木棍打爛，把靈巧得可以和他心意相通、以自己小名命名的大公鷄親手「喀吃」一聲扭斷脖子挖個大坑埋了，回過頭來還要安慰在背後看得揑冷汗的排長說：「俺，沒事。」理智贏得情感愈多，也就愈令人爲這個層面的人物難過。這裏面有太多我們不忍透視的傷心人懷抱。張大春掌握了這懾人心魄的一面人生，的確開拓了寫實文學的新原野。

市民生活的小調

——季季「鷄」

『鷄』保留了季季一貫行雲流水的文字風格，雖不故做驚人之語，但已有她獨特的韻味。夾在濃重的現代小說群中，尤其襯出了它的清爽面貌，以這種筆調來寫都市小民的生活小調是最適合不過了。季季的作品一直是多元的繁複的組合，所以在觸及現實的時候常有出人意表的尖利，然而輕輕一刺，她又像調皮、又像不爲已甚地，以浪漫和幻想沖淡了凝重的氣氛，站在文學寫實的立場未免令人猶有憾焉。原因，季季自己已經診斷出來了，這是職業寫作帶給她的彆扭。『鷄』的眞實是項不平凡的突破，實實在在的現實感受、淸淸爽爽的筆觸，爲季季的小說帶來了全新的面目。

這篇以大都市經濟形態遞變下，一個小布販所面臨的生活困阨所寫成的作品，最可貴的一點就是它的眞實。有許多人誤以爲鄉土小說一定要寫小人物，其實這和寫小人物必然要寫悲苦一樣的沒有根據，寫實文學最重要的是透過作者的人生觀照反映眞實的世界，不管善意與否，任何踰越作者良知的扭曲都是不該有的。『鷄』從經營布業的小販爲生活所做的掙扎中，反映大都市底層人物討生活的辛勞，雖然季季無意强調他們的悲苦，但是我們從他面臨的重重困難中，我們深深體會到做爲市井小民生活的不易，似乎我們也感應了一份那樣的壓力。主要的是季季掌握到了經濟形態的變遷，有這些市井小民無從逃避的命運和這樣的小人物慣有的悲劇生活氣氛，予以眞實無僞的刻畫，擧凡高利貸的剝削、生病的孩子、違章房子的拆遷，倒楣的事和窮人的緣份本來就特別深厚，屋漏偏逢連夜雨就是窮人的寫照。季季以這個觀念發展了這篇小說，雖然不特別指責什麼，但已深深感應到愁哀的生活小調，這是相當高妙的手法，在某種角度看來，季季沒有把這樣的人物事故寫絕了，是季季筆下留情，實際上我們可以以此考查到季季做爲一個成功作家的靈魂，我們認爲懷有人道精神的作家格外能體驗生命的本相。

我不知道「上天有好生之德」算不算是一句無聊的話，但是我確信文學作品不管描寫多麼黑暗、多麼悲哀的人生，應該要留給人活下去的信念。在滿是悲哀的臉上擠出來的笑容必然不好看，但是我們應該體會季季與到神來，總習慣安排一段舊日的房子成了厠所、昔日的布店成了餐廳那樣令人尷尬不已的笑料，實在就是要我們不要忘了在悲苦中也勉强擠一下笑容的意思。我想這雖然不是怎麼了不起的高見，但是我相信這和季季習慣對生命的尊重有關，基本上也沒有完全脫離她童稚時代所見到的人生世界，不會因爲看到人生吃苦的事就大呼小叫，而保持相當理性和清醒的人生照應。雖然說不上來是不是劣幣驅逐良幣，但我們從『鷄』的確感應到了有一種看不見的力量在牽引着操縱着市井小民的生活、命運。縱使他們早出晚歸的辛勤着，却無法跳脫這樣愁苦的命運，但是這樣的人物他會去尋求生活下去的理由，我們不感覺他們是絕望的，我們清楚地感覺，他們要活下去，難道我們不能從中領略一些什麼嗎？

農村變貌的透視

——履彊「蠱」

一九五〇年代以後的臺灣文學中，以農民、農村爲題材的小說一直佔着十分重要的份量，基本上那根本就是以農業爲主體的社會，尤其是工業取代農業的遞變過程中，顯著的農村衰疲現象，和農民在逆流中掙扎顯現的辛勤與苦楚，構成了這塊土地上四分之一多世紀以來最感人的生活畫面，我們也就無怪乎這裏要成爲小說的舞臺了。不過在傷時感慨之餘，是不是也應該虔心檢視一下農村、農民內在的一些變化呢？尤其是以冷靜而客觀的態度。履彊的『蠱』雖然是在新生代鄉土回歸熱流中產生的作品，但是它一反過去農民小說中的常態，寫一位因結婚而轉業爲農民的退伍老士官悲慘的遭遇，可算是獨特而新穎的農民小說型態了。

捨棄退伍士兵的力量介入農村可能含有的象徵寓意，但從使他失敗到澈底崩潰的原因去探討，嗜賭的老婆和凶惡的敗家子，特別顯示了農村受時代文明汚染下可怕的腐化，以勤儉、刻苦、寬大、善良的解甲轉業老農民取代淳樸、勤勉、刻苦的傳統農婦形像，除了人性的深刻對比外，不無今日農村風俗鄙薄的感傷吧！並不是反面的聲音就特別悅耳，而是履彊如此超然的態度的確代表了新生代開濶的新生道德力量。『蠱』裏解甲後買田歸農的老士官雖然是相當特出而稀奇的例子，但是數十萬和他相同身份、相仿命運的個案前前後後陸續分別投入這個社會的各個角落，也是不容我們忽視的一股力量，從他們身上，我們似乎還可以嗅着苦難時代的氣息，保留了古老中國民族的某些特質，他們一樣扮演着相當重要的角色，有意的曲解和無意的淡漠都是不應該。『蠱』積極地描摹了他們的形像，寫下了他們的傷痛，事實上他們在整個民族的刼難上，他們是首當其衝受苦最多、悲哀最深的一羣，應該有誠實的文學爲他們做眞實的見證，履彊的『蠱』和張大春的『雞翎圖』同時開闢了這樣的處女地。

講到新生代的道德勇氣，我想『蠱』還提示了一項有趣的討論，履彊隱約之間似乎特別凸示了世代轉遞中醞釀的新的生存道德觀。解甲老士官的失敗似乎失敗在他守住的道德尺度，可以說是最傳統、最保守的，甚至比凋閉的農村還傳統，於是他連最保守的農村也無法安生立命而被淘汰了，步上毀滅的命運；而剛退伍還鄉的年輕人却能够抑制住自己對寡嫂愛慕的慾念，又能够主動媒介自己寡嫂和自認牢靠的士官長結婚，充分表現了一種由生存條件爲先決的道德觀，在農業社會解體到新社會道德再現的過程中，這似乎是社會內在轉變下最重大的一點，履彊就是能掌握到這樣的事實，所以才能把這個有背農村保守傳統的嫁嫂事件處理得這麼和諧。履彊過去的許多作品，包括得獎的『榕』在內，如同許多年輕作家描寫農村的遞變時一樣，都過份重視農村表象的改變、都是太過便宜的觀察，所以雖有時代的動態感，但是却欠缺可以扣人心弦的深奧內涵。所以『蟲』的特點並不全在濃縮了履彊以往熟悉的兩個世界，重要的是他出自道德感應的勇氣揭開了我們時代變動中生存條件的眞相。

讀「結義西來庵」

李喬踵武鍾肇政，主要的作品都以日據臺灣爲背景，長久下來，已在作品界建立極堅實的特色，彼此之間，也算是一項長期的競賽，同中求異，自然是各擅勝場。巧的是，鍾肇政寫了『姜紹祖傳』，李喬便寫了『噍吧哖事件—結義西來庵』，步步逼近，也算是一段佳話。

除了寫『痛苦的符號』、『恍惚的世界』那一小段岔路外，李喬整個創作的精神焦點，都投注在和他血流不可分解的苦難歷史情結中。如果我們說日據臺灣遭受蹂躪迫害後充滿苦難的大地是李喬魂牽夢繞的耕作原鄉，一點也不過份。從『飄然曠野』、『山女』，這些早期短篇骨幹結實的作品中，我們已看出李喬一落脚便跌落在這段糾結不清的歷史情緣中。最近李喬在「臺灣文藝」和「民衆副刊」連載的兩部長篇—『寒夜』和『孤燈』，是他發願致力完成的臺灣人三部曲—這又是和鍾肇政唱了對臺戲的第一部和第三部。可以相信這三部曲系列足以讓李喬有餘裕償還他戀愛這片苦難大地的苦情。

以歷史背景寫成的小說，最常令人誤認只是歷史現象客觀的再現，而忘了作家透過歷史所展露的個人創作觀的苦心。所以，過去李喬不遺餘力地從他的作品中，一再闡發苦難大衆從苦難大地贏取生命的創作觀，想必不易積極地隨着歷史現象同時再現。近作『孤燈』、『寒夜』尚未刊完，還看不出端倪。不過從他以另一種筆觸寫成的『結義西來庵』中可以看出，李喬自己或許也有這樣的感觸，所以他採用有異於小說的形式來展露對苦難史實更熱切的情感。我們從這個角度看李喬，或許更接近些吧！

『結義西來庵』寫的是民國四年發生在噍吧哖地區的抗日革命運動，俗稱「噍吧哖事件」或「余清芳事件」。是日人據臺五十年間有計畫、大規模的三大抗日行動之一，而其犧牲之慘烈，影響之深遠，意義之重大，允稱最著。

民國四年，也就是日人據臺二十年。在這以前的二十年間，臺灣同胞大小規模的流血抗日行動層起不斷，皆終因沒有外援，不是日本正規部隊的敵手。然而行動雖然失敗，但抗日志士仍然散佈全島，抗日的情緒更爲高漲，噍吧哖抗日就是在這種情勢下引發的。從爲首起義的余清芳、羅俊、江定三義士，我們可以知道，噍吧哖起義是滙集了三方面的抗日勢力形成的—「余清芳，代表一般民心自衞本能的抗暴；江定，代表地下武力的引發；羅俊却是基於民族意識的大義。」尤其是羅俊的身份特別令人興奮，這是臺灣同胞抗日的行動第一次和祖國連結在一起。意義之重大就在此。

這一事件規模之大，我們可以從民國五年起義失敗，志士相繼被捕「被移付審判」的人數可見一斑。移付審判的一四八二人中，判決無罪的只有八七人，判處死刑的有九一五人，其他的都判九年至十五年不等的徒刑。還有「銀盤埔」上，用鐵絲網圍起來，以機關槍屠殺的數仟老人、婦女、半成年的男孩—這一筆天大的血仇、血恨，豈容我們以寬大淡忘？

讀到這裡，我們已充分了解李喬在序中所謂「不忍、不敢，也不能以虛構小說處理」的嚴肅心情了。先賢的血不容白流，歷史錯誤的軌轍不容再蹈。李喬從詳讀八巨册檔案近三百萬言史料，再親赴臺南、高雄二縣市四鄉鎮村莊查訪，完成了『結義西來庵』，算是交待了他對歷史的一道情結，用功之勤可以無愧先賢。然而讀完此書，却留給我們無盡無窮的感慨和疑問，爲什麼這樣的史實我們被告訴得這麼少？而先賢先烈們的英勇的事蹟、崇高的志節是否得到了應有的揄揚？

血染的櫻花

一九三〇年十月廿七日爆發的霧社事件是日據時代震動全世界，最大規模的山胞抗日事件。事件發生時霧社六社山胞的總人口是一千兩百三十六人，事件結束後減至五百十三名。後來日警又把這投降的五百十三名山胞集中在「保護蕃收容所」，使他們失去自由，過着饑寒交迫的日子。一九三一年四月廿五日，日方唆使親日山胞發動所謂第二次霧社事件，進行瘋狂屠殺，大刀砍向這一群被綁着手脚的婦孺，結果被殺二百十一人，另六名失踪，至此山胞僅存的是二百九十六名。日方意猶未盡，又詭稱要替他們和襲擊他們的雙方山胞進行「和解儀式」，把生存者中十五歲以上的男子全部召去，結果那天早上離去後便永遠不再回來。剩下的被強迫移居到北港溪上游尚未開墾的「川中島」集中監視。這是整個霧社事件中山胞所受到的報復性的狠毒屠殺。

事件發生以後，日方曾動員警察一千四百餘名，軍隊約一千七百名，使用優越的槍械、飛機大砲，甚至毒瓦斯；而山胞只有原始武器，竟堅持月餘之久，除了見出日方的殘暴，我們更能神會山胞的英勇。事後，日方一再阻擾眞相採訪，故意塗抹事件的眞相，詭稱是「偶發事件」，歸罪「蕃族野蠻的出草習俗」，但這樣的謊言不但無法瞞過所有臺灣同胞，世界各地也都紛紛響起非難之聲，逼使日本指派國會議員親赴霧社調查。結果否定了「臺灣總督府」的虛飾聲明，認爲是日本殖民地政策下執法不當所造成的嚴重的民族問題和勞動問題。

執行日本殖民地理蕃政策的日本警察强行沒收山胞土地、家產，征收山產、糧食，引起山胞不滿所引發的抗暴事件，乙未年以來，臺島各地時有所聞，不過在一九〇四年以後這類屬於平地山胞的抵抗漸趨平緩。至於被趕入深山的山胞，則被名爲「撫育」，實爲「隔絕」的政策，强迫在深遠的森林地做開墾採伐的苦工。霧社山胞便是在日警的逼迫下做這類的苦役。日本人對此類山地苦役的待遇極不公平，工錢只有漢人的一半，甚至警察假借各種名義把這少得可憐的工資徵去。這種生活不但和習慣打獵、奔躍山野的山胞習性不合，甚至直接迫害到他們的生存，「怨恨」是整個事件爆發的火種。

雖然直接的原因是霧社領導頭目莫那魯道的兒子毆打日本警察開始，但我們從整個事件的經過可以揭穿日方「偶發事件」的謊言。第一，爲首領導的莫那魯道是一位有見識，頭腦冷靜能週密設想的領袖。他到過日本國內參觀，完全了解日本的强大不是山胞簡陋的武器所能對抗的。他能選擇最恰當的時機，趁霧社日本人集中在一起開運動會的時候發動，可見這是經過縝密籌畫的抗暴行動。第二，事件當天出席運動會的漢人有一百四十二人，除了兩名穿「和服」者被誤殺之外，山胞並無濫殺之行爲。因此，儘管日本史家爲了掩護罪行，先做不實之報告於先，又企圖篡改史實於後，整個事件的大脈仍是昭然的。

然而事隔四十九載的今天，霧社英魂的義烈仍然讓日方散佈的迷霧籠罩着，我們還沒有較完整較正面的史書著作以澄清史實、昭明烈士可歌可泣的史迹。相反的，若干年前還見報端引用日方資料詆花岡一郎、二郎是因自己同胞殺害日人而差愧自殺的報導；花岡一郎是當時霧社地區受教育最高的山胞，其死因有南轅北轍的兩種說法，如果我們讓它繼續存在下去，我們站在歷史的洪流中，不但愧對霧社英靈，也愧對所有爲這塊土地犧牲流血的先賢先烈。

正史之外，以「小說」敍述這個事件的作品倒有數種，最著的是鍾肇政的『馬黑坡風雲』。『馬黑坡風雲』成書於一九七三年九月，由商務印書館出版。該書雖出自小說家的筆法，盡量從那個時代、那個地區山胞的生活描述中去反映這個事件的眞相，但從他字裡行間所引用的史料，我們可以看出作者是以相當嚴肅的心情讓他的作品貼近歷史眞相的。雖然以日據臺灣爲寫作背景是鍾肇政作品的特色，但這麼貼近歷史的小說倒是空前的。至今爲止，包括其他非文學形式的報導在內，『馬黑坡風雲』仍可說是有關霧社事件最完整的資料。

此外，一九七七年地球出版社出版了陳渠川的『霧社事件』一書。除了對「花岡一郎」殉死的交待略有出入外，所引用的史料，所取的角度都未超過『馬黑坡風雲』。不過此書扉頁輯錄了數十幀此事件令人血脈噴張的史跡照片—包括日軍用刺刀刺向雙手反綁的山胞胸膛的鏡頭，證明作者更積極企求接近歷史的寫作用心。

看完這兩種比較完整的著作，當我們再步上陰鬱籠繞的「霧社」，我們是否仍然覺得這千人鮮血寫紅的櫻花，這千副英雄埋骨的山崗還有它歷史的抑鬱未廓清呢？

秀山閣藏版

光復卅餘年，臺灣先行代作家們在日閥統治下艱苦成就的文學碩果，由於受到有意的漠視和無意的淡忘，造成今天四十歲以下的新生代精神上的隔絕。一是無從瞭解先人可貴可敬的一頁輝煌史實，一是未先瞭解却先存鄙夷的褊狹意識。一筆珍貴的文化遺產於焉塵封不見天日，令人爲先民悲，爲文化大國哀！

短短三十幾年的時間，代表先行代作家們業績的重要文獻，已因忽視、淡漠而散佚難求，這一頁拓展臺灣新文學辛勤奮鬪的史頁幾乎完全被人淡忘了。直至近年來，文壇上掀起鄉土文學熱和『鍾理和全集』、『吳濁流作品集』的出版兩件大事，才令人欣喜文化的礦源掘動了第一鋤。前者意謂年輕的新生代已能從對現實環境理性的檢討下，對文學使命的新發現再認同；後者則是表示先行代作品價值的被認定被闡發，意義都是不同尋常的。這一切雖嫌起步稍晚，但行者常至，邁開了第一步，必然就能走出一條路來。

臺灣文壇能出現「鍾」「吳」的全集，除了文學潮流的趨向和慧眼獨具的出版家這些「時勢」因素外，秀山閣主人——張良澤捨身本土文獻的壯舉實在居功最偉。

七〇年代初，張良澤取得日本關西大學碩士學位回國後，便積極以整理本土文獻史料，保存文化遺產爲職志，蒐集文獻史料，成了整理本土文學史料的開路先鋒，「鍾」「吳」兩集的出版，便是他數年來心血所注的部份結晶。此外，已經整理就緒或卽將出版的尙有吳新榮、王詩琅兩位文壇先進的作品，整理中的有張文環全集。

這些史料的再現，除了闡揚本土文學過往的成就，提供研究本土文學的第一手資料外，更兼負延續歷史文化的重大使命。因此，就已爲出版家及大衆接納的作家作品能廣爲流傳而言，我們深爲先民精神不死額手稱慶。但另一方面，我們既不能用血本無歸報答熱心的出版家，又不能放任讀者的好惡來決定史料的命運，於是有「秀山閣私家藏版叢書」的出現。本着前述之宗旨，絕不以出售營利居心，亦不以暢銷多印爲榮。對有價值的重要文獻史料限定精印貳佰或參佰部流傳有心人保存。一則可以擺脫由文化商人評定作品的資本主義社會惡例，再則讓海內外眞正需要這些史料的人擁有這些史料達到發揚文化的目的。秀山閣主人的胸襟氣魄不待我們多言，就另一面言，這實在是對文化商品化的惡習，學術界挾孤本以自重的惡行最深刻的諷刺。

「秀山閣藏版」自今年元旦開始陸續刊行『南臺灣風土志』（卽震瀛採訪錄）、『震瀛隨想錄』、『張文環先生追思錄』等三巨册，都是研究臺灣文學甚至歷史極可貴的原始資料。『南臺灣風土志』是已故醫生作家吳新榮出任臺南縣文獻委員會編纂組長時親身走訪轄內各地採訪調查的實錄，爲研究歷史、民俗甚至文學的重要資料。「隨想錄」則包括「藝海餘滴」、「社會家庭」、「鄉土民俗」、「醫界浮沈」、「隨筆」。之中「亡妻記」一文更是傳頌一時的佳構。多爲吳氏生前自選自輯的重要作品。這也就是今天我們能够瞭解有關這麼一位傳奇性的、曾經領導鹽份地帶文學的前輩作家的重要依據了。「張文環先生追思錄」是中外文壇先進悼念今年（一九七八）二月十二日在臺中殞落的文壇先進張文環的紀念文集，透過這些文字，我們今天始能够瞭解這位戰前叱咤日本、臺灣文壇，戰後退隱了卅餘年又突以「滾地郎」震驚中外文壇的先行代作家有力的一份資料。很顯然的這些史料非「秀山閣藏版」的方式無法流傳的。

今天臺灣文學逐漸成爲中外學者探索的重鎭，搜取探尋的學者愈來愈多，態度也愈來愈積極。作爲生長在這塊土地上的一份子，既以愧對先賢於過往，及今豈可又把史料讓外人捷足先登？又豈可把整理保存的工夫假手於外人？若干年前，許多前輩以不勝悵惋的語氣痛惜創作界出現「奔煬」（張良澤筆名）這一名逃兵，何其幸也，今日這些前輩又都以訝異的神情讚許文學界有了秀山閣主人。

論批評

有句俗話說：「萬丈高樓平地起。」就我們目前的社會風氣言，「批評」還是一片未墾、頂多只是被濫墾過的荒原，卽使是最基本的批評的風度和被批評的雅量也未具備，所以所謂「嚴肅的批評制度」，現在講起來的確有點奢侈。不過，奢侈的意思並不就是不必要，相反的，我的意思是我們的批評制度已經面臨了着急不得的荒疏了。在建立嚴肅的批評制度這個課題下，重要的不在急着尋求制度的形式問題，而是在朝向這個制度的過程中，我們需要相對等的心態來配合、需要相對等的社會風氣相支援，因此只要我們認識到這個層次，我們必然發覺這個課題固然艱鉅不易，却又有無限的發展前程，不妨以平地起高樓的心情來迎接它。暫且不管批評是不是能形成一種制度，只要打開批評的風氣，則有厚望達到「嚴肅」了。

培養批評的習慣

回顧過去，差不多所有的公開論辯，不管是文化、政治、經濟，甚或文學問題的討論，都要不幸地被附加許多不必要的牽扯，弄得風聲鶴唳，引發許多題外的爭執和傷害。我相信這不是有了制度就能解決的問題，而是因爲我們缺乏批評的風氣和習慣，預存「順我者生，逆我者亡」的心態去看世事，當然就無法容忍批評，當然就要去壓制不順我的批評。在這樣的惡性循環下，怎麼還有批評？縱有批評，又怎麼可能「嚴肅」？所以有批評氣度的先決條件，就是要有以講理來解決問題的社會習慣。事實上任何人的思維都不可能絕對周密，也就不可能不接受合理的批評。愈是理性發達的社會，批評也必然愈普遍平常。所以在我們的社會還不能把批評與被批評當做生活的形式或習慣以前，我們的批評是嚴肅不起來的，試想當我們批評一個人之前，不是只管這個人做的事對不對，而要考慮這個人的政治背景、社會因素時，我們還可能公正嗎？我們要批評一件事之前，我們不能只問這件事該不該，而要考慮各種禁忌時，我們論事還會公平嗎？我所以說這件事急不來，原因即在此。在廣義的批評意界裏，文學批評應該是禁忌最少、最無害的，可是常見文學批評却往往考慮人情的因素、政治的禁忌……，擔心是否得罪某派人士、某個作家，因此，該說的不敢說，該評的不敢評，批評的意義還存在嗎？實際上，我們的社會禁忌未必如是之多，往往是杯弓蛇影使得批評顯得綁手縛脚。所以一些看似與批評無關的外在因素不能解決以前，批評者縱有高深的學養也難達到嚴肅的要求。

批評不是做結論

要減輕與批評無關但却有害的外在壓力，唯有從建立對「批評」一詞的正確觀念開始，我們目前的社會所以把批評看得過份嚴重，除了前述沒有批評與被批評的習慣之外，還常常誤把批評當成結論的同義詞，所以才會過高估計批評的力量，進而導至以不理性的態度或不理性的手段來扼殺批評，反擊批評。批評不但不是做結論，而且任何批評都不是唯一的，任何批評家只能從他的角度來看事理，自然也一定有他的盲點。不管他多麼眞誠週到，都難免還有漏洞，正如任何事理都可以接受批評一樣，批評的本身也應該準備接受另外不同觀點的批評或公論。不過務必是理性的就事論事，不能踰越用文字或語言說理以外的力量，否則就不是純正的批評。譬如我們常見有關文學作品的批評，常常又是思想、又是國策的，那就絕對不能算是文學批評了。在一個批評成爲常態的社會裏是絕對不會存在這樣的現象的，可見許多人對批評一詞有過分沉重的誤解，並不是批評本身有什麼殺傷力，而是批評被誤解了。

讓公論來決定批評的嚴肅

上面這兩項呼籲——「讓批評成爲習慣」、「批評不是結論」，我想對批評風氣的成長是很重要的，如果先有這麼坦蕩的胸襟來面對批評，批評界的水準自然要提高，也自然能導向嚴肅的批評出現。當然我不否認批評家本身需要具備學說的陶養、需要銳利的眼光，需要……等等專業的知識，但是比較起來，我毋寧比較看重批評的空氣。如果批評制度的外在條件受到許多束縛，批評家不能眞誠的說話，被批評者不能理智地對待批評，使批評在有條件的限制下進行，批評家卽使有卓越的見識，再銳利的眼光，批評的誠信度仍然値得懷疑。所以我認爲提高批評的水準也好、建立批評的制度也好，就「嚴肅」的程度而言，並不在樹立玄之又玄的孤高理論架構，或是在爭某門某派學理的勝利，而是讓批評在自由的空氣中安靜和平的伸展。

我們常見這樣的說法——根據××氏學說，所以×事應該……；或是根據××學理，×事完全錯誤了。表面上看似客觀，事實上却是不負責任的文字魔術。在批評的過程中訴諸學理，就是邏輯上的訴諸權威，無非是做結論的心理所導致的。如果我們不預存作結論的心情來從事批評，我們就能輕鬆的體認到批評只是過程，只是認知的媒體，在成品被瞭解的過程中，批評擔任了中間角色而不是法官。我認爲成品、批評家和接受者之間是一種循環的關係，批評家透過文字語言……的傳播媒體對成品提出批評，這種批評可相信地對成品的接受者一定構成某種程度的影響力，但也可以肯定絕不是無條件的被接受；接受者仍然有他自己的判斷，無形中這個判斷對批評家而言也就構成了一種批評，我不相信一個經常立論與接受者判斷完全相左的批評家會是高明的批評家；最後一道就是成品對接受者的批評，我們常說的「時代意義」無疑就是成品對接受者所做的批評。如果我們前面的假定成立——我們已經有了批評習慣的環境，那麼按照這個循環程式的推衍，我們可以看出批評過程的完成並不是批評家的獨力奮鬪。進一層，我們也可以明白批評水準的提高不在聽任專家把理論架高，而是讓批評成爲一種程式；再者，我們與其把批評的「嚴肅」坐待少數的中間批評家自我約束批評的良心，也不若將嚴肅的問題訴諸公論。因此批評是不是形成嚴肅的制度，我比較不看重中間批評家的條件，我認爲只要批評的風氣打開了，「批評」在公開、普遍的環境中運動，必然要趨向嚴肅。

批評可能做假，但不易做好

以上是我就批評一詞廣泛的意義來論的，如果回到書評文評上說，作者、書評家和讀者間不能構成連鎖循環的批評關係！作家不管讀者羣的生活，批評家徒然在發深奧的玄學理論，使讀者看不懂批評家的言論，或根本不在意書評家說些什麼，這就是做假。但這樣的假批評一定引不起讀者的共鳴，所以批評家是多麼嚴肅，多麼眞誠來從事批評，終究那是批評家個人的事，不可能形成批評的制度。所以在批評風氣比較薄弱的現在，批評家閉起門來製造自己個人的嚴肅感是絕對無法把批評制度帶向嚴肅的，應該努力形成讓讀者透過書評、文評去討論文章的風氣，才不失書評文評的意義，那麼在作法上就不得不講究了。首先應該弄明白，讀者選擇書、選擇文章一定是攝取和他自身有關連的知識，「讀書」是一種階級象徵、爲讀書而讀書的時代過去了，如果書評不能切要地把和他相關的部份指出來，不但書評失去了意義，也無法引起讀者的注意。前面說過，批評不是做結論，應該保有值得商榷的自由，但書評不能引起可能的讀者關心，那就難辭其咎了。所以書評家闡釋一篇作品結構如何嚴謹、象徵如何高妙，又是得了某某大師心傳……，只着重一篇作品的內延結構關係，完全不關心作品和外延時空的對待關係，或許可以成爲一篇精鍊的論文，但它不是讀這篇文章的讀者所需要的，那就不是好的批評，也不是盡責的批評。

談報導文學

從現實主義到報導文學的現階段文學運動，實際上等於重複了五四走到三十年代這段橫刀切斷的文學成長歷程。我們既不能從艱苦的歷史過往中領略什麼，還要從殘酷的現實中重走一段相等艱苦的路子。嚴格說來，面對所謂「新興的」報導文學，不但沒有任何沾沾自喜可言；相反的，我們應有嚴肅的自省。自省應該包括兩方面：一是我們是否仍然只是在吟哦古老的調子；二是我們是不是已給報導文學賦予了新的時代意義。

顯然報導文學是由文學的實用思想衍化而來的，是文學應徵服務實際人生的具體行動。在基本精神上雖然並未背離傳統文學言志的主張，但確實是決絕地甩脫了傳統文學廳煩而曲折的形式，赤裸裸地展示其服務現實人生的意願。其原始的動機當在醫瘉傳統文學對人生的疏離感，對大衆人生的閉絕症，所以若果我們稱它爲文學的新形態，當不是言其異於傳統文學的表達方式，而是指文學本質、內涵的轉移。

當然文學實用主義的另一層意願便是文學人生與現實人生的密切結合。傳統有一句話說：「百無一用是書生」，表徵古之書生，今稱知識份子的在現實人生之間只是蒼白浮大的角色。所以衝破從「言」到「行」的瓶頸，可謂是古來知識份子共同追求而苦思不得其道的意願。冷靜分析起來，所謂瓶頸也者，實際上便是知識份子自認優越的「我執」。正因爲知識份子有此自認優越的本位觀念，便在其言與行之間架起了一重不能自見的黑幕。遠的不談，我們從五四時代的新青年，和中西文化論戰階段抱持個人自由主義論調的人士，以鬨哄哄開始，以頹敗結束的「衝突」運動中，便可以看出知識份子仍然是侷限在自利的觀點；知識份子的努力是與大衆隔絕謀求自利的努力。一切以知識階層利益出發的，便必然無法和廣大的人生相結合了，也必然不可能成爲眞正的群衆運動。這兩個失敗的例子都有接踵而至的歷史事實予以辯駁糾正，不待贅擧。不過藉此可以說明的是挽救文學的式微，並不在於形式的突破，而在於文學活動範圍的擴散——是不是能使文學走出知識階層的狹小領域，而與眞實人生相結合，否則又如何醫治它的閉絕和疏離？

因此，現階段出現的報導文學，仍停留在「新奇」、「怪特」，製造社會新聞，滿足讀者娛樂心理的相苟且觀念上，無疑是件極矛盾的事。文學實用主義的根本動機不是在清掃宮體娼優文學留下的恥辱陰影嗎？爲何又把報導文學帶到供人遊戲的地步？所以改弦易轍的苦心豈不白費？我們看到許多廟會、民俗的報導，我們看到許多新奇行業的報導，我們看到海外流亡心態的報導……，共同具備的特徵是「神秘」和「奇特」。追究到根本，這完全是落筆取鏡的角度問題，換了一個姿態還是站在遊戲的角度上，我們又如何期待從這裏建立投注生活的文學運動出現呢？令人失望的是極有希望帶動文學改革的報導文學已偏安一隅而成爲文學的浪民了，想必文學要走離「貴族的遊戲」還要期待歷史再走一趟回頭路。

臺灣文學的中譯

近年來的鄉土熱潮，除了使現階段的文學活動落實之外，另一個可喜的現象便是大家進一步追本溯源，重新挖掘了日據時代臺灣新文學運動的精神和作品。使得這原先少爲人知，幾全被淡忘的臺灣早期的新文學輝煌成果，能在不算太晚的今天重見天日，受到重視，無疑還是值得慶幸的。然而慶幸之餘，也令人憂心，畢竟「重視」光靠熱情是不够的。實際上，在目前，除了熱情，我們又做了多少？資料的蒐集、整理、保存、介紹、闡釋、翻譯……，沒有不是停留在個人自力奮鬪的階段。偶有比較龐大的文化機構參與其事，也不過趕在光復節前辦個座談會，應應景，檢點現成的便宜而已，又何曾眞正伸出手來推動？整個社會民族的文化產業只靠雙孱弱的手就能把它護守住嗎？

到現在爲止，仗持個人的力量完成的資料整理工作，雖然稍有成就，但仍然令人覺得速度太緩，困難重重，以個人有限的力量整理『鍾理和全集』、『吳濁流作品集』，楊逵作品已十分不容易。畢竟鍾理和的作品全部是中文創作；而吳濁流作品在先前泰半以中文譯定，編輯上困難較少，靠個人的熱忱、努力勉可完成。但如果不是有相等熱心的出版家，我們今天是否能讀到這些作品也成問題。所以要想進一步開發整個臺灣文學的蘊藏，非有突破性的作法不可。

這項工作最迫切的任務，便是作品的復原和再現，光復三十餘年來，由於種種因素，光復前的作品已散佚不全，光復初期的作品也面臨同一命運。報章、雜誌單行本多達數十種，範圍遍及臺灣、日本、香港、朝鮮各地，包括今天仍然健在的新文學運動的大將在內，要蒐集整套的報紙、雜誌談何容易？就是接近光復之際的「臺灣文藝」、「臺灣文學」、「文藝臺灣」……這些純文學雜誌能留存齊全的也不多了，顯然僅靠一、二有心人來做這件事是不够的。尤其是今天，臺灣文學逐漸受重視，已有美、日等地的學術團體挾其龐大的財勢、人力來臺進行蒐購，這豈是個人的熱忱所能抗衡的？因此，我們眼前所面臨的問題已不要談找回散佚外地的作品了，防止敦煌舊事重演已令人憂心不已。

除了作品的復原之外，尤其重要的是再現。以中文寫作的部分整理再現，問題比較容易解決，只要風氣打開，以現在可能找到的資料拼湊起來還不難復其原貌，但以日文寫作的部份就問題重重了，迻譯不易。三十年來日文的變化不小，徒只精曉現代日文的年輕人未必能譯三十年前的日文，而且日據臺灣的日文難免有某種程度的臺灣化，勢非對光復前臺灣社會有相當的瞭解也不能勝任。因此培養這方面的新生人才必非從日據臺灣社會的背景認識開始不可。當然我們還可期望今日健在的，有日據時代生活經驗的文壇先進們來做這項工作，但是情況也不十分樂觀。封筆改行的，要他們拋棄事業回到文學陣線上來，自無可能；仍然在筆隊伍裡的也都有他們各自創作事業，不可能停下來專注於翻譯，何況這樣的人選寥寥可數。因此年來我們看到他們憑着對鄉士的熱愛，有了點點滴滴的成就，呂赫若、張文環、龍瑛宗、巫永福、吳新榮……諸先進的作品以中文面目重現國人的眼前，欣慰之餘，我們難免遺憾只是「點點滴滴」，可是我們可曾想到這背後已流了多少辛勤的汗水？據張良澤稱，譯三萬字的「植有木瓜的小鎮」，整整花去一個月的時間，我相信鍾肇政譯「論語與鷄」，鄭清文譯「慾」……，卽使快慢有別，辛勤則一。他們這種不計一切的熱忱，已十分令人敬佩，然整個大任只靠這樣的少數個人的熱心、努力來擔當，擔子無乃太重了。但願有遠見的出版家出來鼓勵他們，有組織、有計畫地完成此事。

據聞近日已有若干較大的出版機構開始積極地從事其事，但願不要太牟利的觀點，只檢簡單輕易的部分做，應有較大的抱負，將這筆文化產業做較完整的復原再現，就算是對先民們心血的交待吧！

滄海叢刊已刊行書目（四）

書名	作者	類別
清真詞研究	王支洪	中國文學
宋儒風範	董金裕	中國文學
紅樓夢的文學價值	羅盤	中國文學
中國文學鑑賞舉隅	黃慶萱 許家鸞	中國文學
浮士德研究	李辰冬譯	西洋文學
蘇忍尼辛選集	劉安雲譯	西洋文學
文學欣賞的靈魂	劉述先	西洋文學
音樂人生	黃友棣	音樂
音樂與我	趙琴	音樂
爐邊閒話	李抱忱	音樂
琴臺碎語	黃友棣	音樂
音樂隨筆	趙琴	音樂
樂林蓽露	黃友棣	音樂
樂谷鳴泉	黃友棣	音樂
水彩技巧與創作	劉其偉	美術
繪畫隨筆	陳景容	美術
都市計劃概論	王紀鯤	建築
建築設計方法	陳政雄	建築
建築基本畫	陳榮美 楊麗黛	建築
中國的建築藝術	張紹載	建築
現代工藝概論	張長傑	雕刻
藤竹工	張長傑	雕刻
戲劇藝術之發展及其原理	趙如琳	戲劇
戲劇編寫法	方寸	戲劇

滄海叢刊已刊行書目（三）

書名	作者	類別
寫作是藝術	張秀亞	文學
孟武自選文集	薩孟武	文學
歷史圈外	朱桂	文學
小說創作論	羅盤	文學
往日的旋律	朱幼柏	文學
現實的探索	陳銘磻編	文學
金排附	鍾延豪	文學
放鷹	吳錦發	文學
黃巢殺人八百萬	宋澤萊	文學
燈下燈	蕭蕭	文學
陽關千唱	陳煌	文學
種籽	向陽	文學
泥土的香味	彭瑞金	文學
無緣廟	陳艷秋	文學
鄉事	林清玄	文學
韓非子析論	謝雲飛	中國文學
陶淵明評論	李辰冬	中國文學
文學新論	李辰冬	中國文學
離騷九歌九章淺釋	繆天華	中國文學
累廬聲氣集	姜超嶽	中國文學
苕華詞與人間詞話述評	王宗樂	中國文學
杜甫作品繫年	李辰冬	中國文學
元曲六大家	應裕康 王忠林	中國文學
林下生涯	姜超嶽	中國文學
詩經研讀指導	裴普賢	中國文學
莊子及其文學	黃錦鋐	中國文學

滄海叢刊已刊行書目（二）

書名	作者	類別
世界局勢與中國文化	錢穆	社會
國家論	薩孟武譯	社會
紅樓夢與中國舊家庭	薩孟武	社會
財經文存	王作榮	經濟
財經時論	楊道淮	經濟
中國歷代政治得失	錢穆	政治
憲法論集	林紀東	法律
黃帝	錢穆	歷史
歷史與人物	吳相湘	歷史
歷史與文化論叢	錢穆	歷史
中國歷史精神	錢穆	史學
中國文字學	潘重規	語言
中國聲韻學	潘重規 陳紹棠	語言
文學與音律	謝雲飛	語言
還鄉夢的幻滅	賴景瑚	文學
葫蘆・再見	鄭明娳	文學
大地之歌	大地詩社	文學
青春	葉蟬貞	文學
比較文學的墾拓在臺灣	古添洪 陳慧樺	文學
從比較神話到文學	古添洪 陳慧樺	文學
牧場的情思	張媛媛	文學
萍踪憶語	賴景瑚	文學
讀書與生活	琦君	文學
中西文學關係研究	王潤華	文學
文開隨筆	糜文開	文學
知識之劍	陳鼎環	文學
野草詞	韋瀚章	文學
現代散文欣賞	鄭明娳	文學
藍天白雲集	梁容若	文學

滄海叢刊已刊行書目（一）

書名	作者	類別
中國學術思想史論叢(一)(二)(三)(四)(五)(六)(七)(八)	錢穆	國學
兩漢經學今古文平議	錢穆	國學
中西兩百位哲學家	鄔昆如、黎建球	哲學
比較哲學與文化	吳森	哲學
比較哲學與文化(二)	吳森	哲學
文化哲學講錄(一)	鄔昆如	哲學
哲學淺論	張康譯	哲學
哲學十大問題	鄔昆如	哲學
孔學漫談	余家菊	中國哲學
中庸誠的哲學	吳怡	中國哲學
哲學演講錄	吳怡	中國哲學
墨家的哲學方法	鍾友聯	中國哲學
韓非子哲學	王邦雄	中國哲學
墨家哲學	蔡仁厚	中國哲學
希臘哲學趣談	鄔昆如	西洋哲學
中世哲學趣談	鄔昆如	西洋哲學
近代哲學趣談	鄔昆如	西洋哲學
現代哲學趣談	鄔昆如	西洋哲學
佛學研究	周中一	佛學
佛學論著	周中一	佛學
禪話	周中一	佛學
公案禪語	吳怡	佛學
不疑不懼	王洪鈞	教育
文化與教育	錢穆	教育
教育叢談	上官業佑	教育
印度文化十八篇	糜文開	社會
清代科舉	劉兆璸	社會